歡迎
就讀
陽光山林
幼兒園
黃萱萱 著
Family Sky
天空數位圖書出版

前序

「老闆娘，那個“定情雞腿飯”是什麼？」

萱萱帶著兒子進到小吃店，好奇的指著招牌上特別明顯的一道。

重點是，這餐還賣兩百塊。

老闆娘羞怯的一笑，用臉示意著正在門口抽菸的老闆。

「當初，沒有那個雞腿，老闆也不會知道我的心意。」

老闆沒好氣的看了她們一眼，無可奈何的搖頭，繼續抽著他的菸。

「馬麻，我肚子好餓喔。」兒子在一旁催促著。

「好，你先回位置上。回－位－置。」

「那個，來一份滷肉飯，還有一份定情雞腿飯。」

「好的，老闆一個雞腿。」

萱萱坐回位置上，專注的看著【陽光山林幼兒園】的招生說明會資訊。都已經堅持到這裡，若是灰頭土臉的回去跟本來的幼兒園談，不但對兒子是二度傷害，自己的臉面也放不下來。

「阿姨，妳要買彩券嗎？」身旁突然冒出一個小弟，看他說話的方式以及憨直的笑容，應該是身心障礙人士。

「馬麻，我要買。」好不容易坐好的兒子，此時又突然蹦蹦跳跳的起身，拿起憨直小弟手中的彩券。

「手－放－下。」

嚇死她，因為那是一張一千元的彩券！

「謝謝阿姨。」

拿了一張兩百元的，好不容易讓兒子專心的刮著彩券，萱萱也能稍微獲得喘息…

「妳的滷肉飯跟雞腿飯喔。」老闆把東西送上桌。

看著老闆娘口中的定情雞腿飯，她直覺自己當了一回盤子。

菜脯蛋，帶著些微微黑點的清炒高麗菜，罐頭筍絲，一碗量的白飯，以及一個大雞腿。

在市區，頂多賣這一半的價錢，這裡是怎麼回事？雞在這裡絕種了嗎？！

「幹…去搶好了。」萱萱一邊啃著大雞腿，一邊忍不住碎念著。

解決完了一餐，正等著兒子吃完，剔牙的同時，意外見著小吃店一隅，掛著陽光山林幼兒園的海報。

看來這間幼兒園廣告打很大，也不知道是不是跟網路還有雜誌上說的一樣，她心想。

「馬麻，刮到兩個一樣就是中獎嗎？」兒子問著。

「嗯啊。」萱萱還是在看那張海報。

「刮到多少？」

「個十百千萬…」兒子認真的在數。

「就說過小數點以後不要算。」

她直接拿到手上，反正就是兩百塊，剛好用來付拿『坑爹雞腿飯』的錢。

「總共兩百三十五塊。」

「老闆娘，剛好這張中兩百塊，我再給妳三十五塊就好。」

等老闆娘收下了彩券跟三十五塊，萱萱直接帶著兒子上車。

離去前，特別看了坐在店門口兜售彩券的小弟一眼。

「加油啊，孩子。」

「馬麻跟你講，這間店以後不要來，雞腿飯太貴了！」她一邊騎車，一邊在兒子耳邊抱怨。

等到老闆看著零錢盒裡的彩券，拿起來一看，瞬間驚呼。

「美英啊，這彩券是哪來的？」他衝出店門口，問著正在洗碗的老闆娘。

「剛剛那客人的，她跟阿旺買的彩券，中兩百塊來付飯錢。」

「什麼兩百塊？是兩百萬啊！」

老闆娘差點把碗給滑掉了，一時間慌了手腳。

「怎麼辦？我…」

「打電話給村長，調監視器廣播啊！」

此時，還在路上看著地圖導航的母子倆，根本不曉得自己瞬間成為了百萬富翁，緩緩的行駛在山路上，往陽光山林幼兒園的方向前進。

黃蕾蕾

目錄

第一篇　起伏

伴隨著誦經聲，田野捧著乾媽的遺像，走進火化場。

「沒有其他家屬嗎？」工作人員問著禮儀師。

直到田野搖頭，禮儀師才點頭確認。

就在火化鍵按下的瞬間，田野依照習俗大喊著：「乾媽，快跑！」

喊了不知幾次，他握緊拳頭，不讓自己的淚落下。

冬季，午間的雨中，等著火化完畢的時間，他匆忙的傳訊息，一個給自己的女友，一個則是給失聯至今，尚無回覆的大哥，也就是乾媽的親兒子。

從乾媽病逝到現在，已經等了半個月，田野壓根不相信他不知情。在外跑船又如何？船上沒有衛星電話嗎？

此時，遠處走來一群家屬，在棺材後頭跟著長長的隊伍，田野隔著墨鏡瞧著，見著是某個慈善團體的名號，他本能的別過頭，帶著抗拒與不解。

他想起了父親。

田野從小就不懂，自己的父親，為何如此執著於慈善事業。

在他的記憶裡，親情是模糊的，自從母親死後，父親除了忙於事業，投入慈善的時間變得更多了。

他捐助窮人，幫助弱勢，甚至前進偏鄉，跟著行善團走進一個又一個的村落；家裡堆滿了各式各樣的感謝狀，以及父親參與活動的照片。

但是，再怎麼廣結善緣，也挽救不回越來越疏遠的父子關係。

尤其是，父親直接把事業傳承給下層的經營團隊，換得「傳賢不傳子」的美名，田野得了一場空，或許在父親的眼裡，自己是一個扶不起的阿斗。

就在田野大學畢業後，迅速搬離了家中，過著他認定的，有意義的生活，從此【投資購物專家-馬塞爾老師】的名號不脛而走。

田野靠著與生俱來的演講天份，以及過人的聚眾能力，迅速發展自己的人脈，跟著老闆進入直銷圈，他倡導的理念，宛如一盞明燈，在當時掀起一波話題。

【走向馬塞爾，就是走向成功】，他的下線就是這麼認為的。

田野在最快的時間內，坐擁千萬豪宅，奢華跑車，以及當選本屆城市小姐的女友，對他而言，這就是人生，多少人一輩子都達不到的夢想，他田野全辦到了。

父子二人幾乎沒什麼聯繫，唯一的共識，就是阿旺，父親收養的孩子，一個患有中度智能障礙的弟弟。

看著手機裡，阿旺吃著生日蛋糕的照片，那是上個月，特地幫他辦的生日會。

那憨直的笑容，想當初，父親耳提面命要他保護的弟弟，卻總是在自己被打趴後，拼命保護窩在地上的哥哥。

可也就是自己的弟弟，成為了跟女友相處的芥蒂。

這段時間，煩心的事情太多，田野光想到就不耐煩，此時，電話響起，他越過其他往生者的家屬，逕自走向火化場的門口。

「怎麼了？」他問著。

隨著電話那頭急切的語氣，田野怔然的站在原地。

「…我現在這裡走不開，老闆呢？」

不等對方說完，田野掛上電話，打給老闆，一次次的都轉進語音信箱，他瞬間明白了一些事，無力的靠在梁柱邊。

隨後，他想起了一個人，匆忙的打起電話…

「阿耀，是我。公司出事了。」

***

就在參加完乾媽的喪禮，回到公司，見一群記者圍在電梯門口，看到他的出現，彷彿餓狼遇見小綿羊，迅速撲向他。

正當田野還搞不清楚怎麼回事，調查局已經從人群中將他拉出，直接帶進公司。

「…現在是什麼情況？」

跑進了會議室，他驚甫未定的坐在位置上，方才一群記者搶問，田野隱約聽到了幾個關鍵字，惡性倒閉，捲款潛逃…

「你老闆跑路了知道嗎？」唱著黑臉的調查局專員坐在對面，毫不客氣的問他。

田野瞬間懵了。

「…怎麼可能？」

「怎麼不可能？有人檢舉你們公司涉嫌違法吸金，火都燒到眉毛了，你難道不知道？」

「老闆昨天才跟我們幾個講師，討論公司下半年度走向…」

「嘿啊，然後清晨他就搭飛機跑了。」另一名操著臺灣國語口音的白臉專員接著田野的話。

「我勸你說實話，配合我們調查，掏空五億可不是小數字，你們這些上線沒理由不知道。」

「我是真的不知道…」田野穩住心神。

「我只是一名講師，公司事務不屬於我的範圍，會成為上線，是因為，我的學生們相信我的理念，我銷售的是成功，不是…」

「你佈道完了沒？」黑臉不耐煩的打斷他的談話。

「要我們把話都說穿嗎？那個…馬啥咪老師？」他看著白臉。

「馬塞爾老師。」

白臉說完，直接從身後的公文袋拿出一疊資料往桌上放，田野一看，臉部表情瞬間僵化。

「田旺是你弟弟，對吧？」

「有在錄影喔，不要撒謊。」黑臉指著旁邊的小型攝影機。

「是的。」

「他是你父親收養的孩子，是吧？」

「是的。」

「他有智能障礙，對吧？」

「…是的。」

「那麼，為什麼公司會有你弟弟的會籍，上個月還有 15 萬的購買紀錄，甚至是…」

白臉背對著攝影機，一張臉變得極為可怖。

「多筆的信用貸款申請資料。」

看著白臉把文件一份又一份的放在他面前，過往的事情被掀開，更讓他無言的，是對老闆的錯信和對弟弟的羞愧。

「講話啊！」黑臉催促著。

田野的頭腦一片混亂，雙手不自覺的顫抖。

「田野先生，你弟弟目前已經積欠銀行五十萬元，依照田旺的狀況，他不可能自己申貸，也沒有那個經濟能力，累積申請如此龐大的金額。」

白臉調查員示意黑臉拿出手銬，自己則拿出逮捕令。

「田野先生，第一，我們懷疑你涉嫌與何承恩先生以多層次傳銷手法，進行違法吸金與詐騙行為。第二，有多重證據顯示，田野先生與何承恩先生利用無行為能力之親友身份，甚至利用更多受害者以此方式，向銀行申請詐貸。特此告知，你有權保持緘默，也有權請律師，也可以…」

「不要銬我！」田野驚懼的推開黑臉移過來的手銬。

「警察先生，我不知道為何事情演變成這樣，當初只想多拉幾個下線，我不知道何承恩會做出這種事情，我真的什麼都不知道…」

「你去跟檢察官解釋吧。」白臉只是冷漠的看著他。

「我弟呢？他人在哪裡…他會怎麼樣？」

「你的弟弟，他屬於關係人，可能會傳喚，畢竟，你們利用他…」

「我沒有利用他，注意你的措辭！」

田野的憤怒，起源於被人斷章取義的誤解，他雙肘靠在桌上，低頭看著案前的資料。

「他很容易害怕，情緒會失控…」

田野想起了阿旺，這個沒有血緣關係，卻把他當作比天還重要的弟弟。

他迅速抹去眼眶的淚，試圖讓自己冷靜。

「不用上手銬，我跟你們走。」

當田野跟著調查局人員走出門口，身後還有幾個公司的高層，有男有女，一個個都面露驚懼之色。

起初，田野還惦記著自己馬塞爾老師的身份，從容的跟蜂擁而至的記者微笑致意。

直到一記拳頭朝向他而來。

「XXX 勒！你把我媽命還來！」

這拳頭，差點就直擊到田野的臉上，他倉皇的閃躲，狼狽瞬間，成為了媒體捕捉的畫面。

昔日，充滿自信與堅定的馬塞爾老師已不復存在，留下的，是聲名狼藉的老鼠會高層人士。

進入車內，田野驚慌的看著被警察壓制在地上的男子，他一眼就看出，這是乾媽的親兒子，廖晉豪。

就在這瞬間，千頭萬緒佔據了田野的心思，你怎麼現在才回來？乾媽挨到最後一刻斷氣都不見你蹤影，她老人家可苦了！

只是，這樣的話，他根本無從開口，車子駛離，晉豪被包圍在記者跟警察間，連個影都見不到了。

***

在看守所拘留的第一個禮拜，律師林主耀用盡辦法，讓田父和桃姨前來，田野無語的面對父親一頓臭罵。

「你這個混帳東西，對你弟弟做了那麼缺德的事，他以後要怎麼辦？」

「他有來嗎？」他不敢看父親的臉，只是小聲的問。

「帶他來幹麼？看他哥坐牢是嗎！」

「唉唷，都到這個時候了，小聲一點啦。」桃姨把田父拉回位置上。

「野啊，你爸是真的很生氣，跟他賠個不是就好了…」

「事情哪有那麼簡單？」田父拍桌。

「田野，你給我聽好，你捅出來的簍子，想辦法解決。阿旺的郵局帳戶被設為警示戶，他辛辛苦苦賣彩券存的錢都沒了！我還不敢跟他講…」

「詐貸的是我老闆，又不是我…」

「你們老闆哪來阿旺的戶頭？他自己給的嗎？」

田野心虛，只是小聲的回應：

「我也不知道老闆會這樣…」

田父直接一掌下去，要不是桃姨跟律師分別攔著，恐怕一頓揍是難免。

「你真是…垃圾！」

田野慌張的躲在一角，方才父親的話一下，他火氣也冒上來，壓在心底的話全說了。

「對，我垃圾，我讓你丟臉。你哪一次對我滿意過？就你那些義子，義女不會讓你失望，還有我那白痴弟弟…」

話已至此，田野沉默了。

「別人怎麼說你弟，你爸爸不管，可你這麼說對嗎？」桃姨斥責他。

田野頹喪的坐在地上，經過這一段時間，他心情好亂。

「我真的是冤枉的，很多事情我都不知道，我…我對不起阿旺…」

兩方人沉默了一會兒，直到管理員提醒時間限制。

「那個…阿旺的錢，我會還他的。」

田父看了兒子一眼，最後，由律師開了口。

「野，你目前的財產都被假扣押了，首當之急，先把自己的事情處理好，才能顧到你弟弟。」

「那…還有沒有人來找我？」

他想到自己的女友，從事發到現在，她不知是好是壞，律師才正要回答，田父倒是說了。

「有啊。你的下線都在找你，聽說已經組自救會了。還有，你是不是認了一個乾媽？他兒子在記者面前一直講，說你害死他媽，這是真的嗎？」

「廖姨是病死的，跟我一點關係也沒有好嗎？」

「你確定？」田父追問著。

「人都跑到家裡問了，還帶了幾個兇神惡煞，差點沒把你桃姨嚇死。」

「你叫他來，我親自跟他講。」

「他人就在外面。」

田野錯愕，沒想到人來的那麼快，隨之而來的，是坦然。

就在一陣等待之後，晉豪殺氣騰騰的步入室內。

「你好大的膽子，別以為躲在看守所我就動不了你…」

「廖晉豪先生，你再出言恐嚇我的當事人，刑法 305 條規定的很清楚，需要我向您解釋嗎？」

律師的話，簡潔卻很有分量。

「廖大哥，請坐。」

田野看著盛怒之下的晉豪。

「我想跟你說，關於阿姨的事情…」

「你還要狡辯什麼？當初你騙我媽，說只要拿出 30 萬投資，就可以在半年賺到 300 萬。我媽就傻乎乎的把錢都拿了出來，錢呢？300 萬呢？」

「阿姨的 30 萬，在她的戶頭裡。」

晉豪不可置信的看著他。

「廖大哥，我承認，當初接近阿姨，是為了生意沒錯，可是，阿姨對我很好。你不在的時候，阿姨身邊沒人，我只要去找她，她就會一直對我說你的事情。其實，老人家要的是一個陪伴…」

「你現在是對我說，我沒有陪我媽是嗎？」

田野看著他。

「阿姨進醫院時，一直希望船公司能早點讓你回來，可是，沒有下文。」

「我是下船才知道這件事情，人都進醫院了，是要怎麼聯絡…」

「我聯絡的！」田野打斷他的話。

「我甚至跑到漁港，找到你們公司的漁船，求著讓他們借我衛星電話，試圖跟你聯繫上。」

「我…我完全不知道這件事情。」

「阿姨彌留之際，一直喚著你的名字，我實在等不到你，只能騙她，說你在路上了。」

兩方陷入一陣沉默，田野疲累的雙眼泛紅，因服喪無法修容的晉豪也是。

「到時，你去稅捐處辦理阿姨的財產清冊…」

「不要講了！我在意的不是錢的事情。」

「少年欸，我在旁邊聽你開口閉口都是錢，我兒子已經把話講得很明白了，希望你能還他一個公道，不要再說我兒子害死你媽。」

田父才剛說完，晉豪兇惡的眼神掃到他身上。

「廖大哥，這是我跟你之間的事情，跟我父親無關。」

可田父也不是好惹的人，桃姨怎麼在一旁拉他，示意著別惹事，田父就這麼跟晉豪對峙著，直到…

「我眼睛酸了，夭壽。」

「就跟你說了，不要跟律師熬夜討論事情。」

田野看著兩老的互動，原來，這段時間父親都在處理自己的事情…

管理員提醒會客時間已到，晉豪頭也不回的直接離去，其他人也陸續離開。

「你弟弟的事情…你一定要負責。」田父離開前，留下了這句話。

「我明天再找你。」律師也準備起身離去。

「阿耀。」田野趕緊叫住他。

「瑞秋有沒有跟你聯絡？」

律師只是看著他，正在思索要如何開口，田野沒注意他的表情變化，自顧自的繼續說著…

「你幫我傳個話，請她好好照顧自己，我很快就會出來。」

「野。」律師謹慎的開了口。

「她一定很擔心吧？我住的地方，還有十幾萬的現金，最近她生日快到了，這些錢…」

「野，那十二萬已經支付到我帳上。我會幫你把事情擺平，至於瑞秋…在看守所的這段期間，你好好沉澱一下自己。」

「…什麼意思？」田野一時還搞不清楚狀況。

「瑞秋這段時間，都在我那裡。」

***

今天是首次開庭，田野坐在前往法院的車上，沉默不語。

他已經忘記自己在看守所待多久，只知道那次會面後，就沒有任何一個人來看他。

反正，房子，車子被查封，銀行帳戶被凍結，連女人都跟律師跑了。

諷刺的是，阿耀練過散打，個頭又魁梧，田野揮了好幾次空拳，要不是管理員把狼狽不堪的他拖出會客室，也不知這難堪的戲碼要上演多久。

他什麼都沒有了，田野覺得自己被全世界拋棄，連阿耀申請的律見也拒絕了，整天渾渾噩噩地過著，飯也沒什麼吃，甚至自言自語著以往授課的內容。

法警帶著他進到法庭的那一刻，田野才終於看見幾個熟悉的面孔，幾個忿忿不平的下線，乾媽的兒子也來了。

可是，少了父親，桃姨跟弟弟，他有點失落，直到看見律師…

還有，他竟然上的是證人席。

「田野先生。」律師指著被告席一名白髮蒼蒼的老頭。

「請問你認識這位先生嗎？」

田野的視線，看的不是被告席，而是自己的好友，眼前的這位律師。

「田野先生，請你回答我的問題。」

「衣冠禽獸。」田野淡淡的答道，內心滿是怨懟。

旁聽席一片譁然，眾人幾乎叫好叫罵，以為田野說的是被告，直到審判長敲著法槌，要求大家安靜。

阿耀知道田野說的是自己，處變不驚的繼續說下去。

「田野先生，請保持冷靜，請您清楚的告訴法官，坐在被告席的這位先生，是不是何承恩。」

田野這下才把注意力放在被告席，他不敢置信的瞪大雙眼，眼前這個穿著酷似火雲邪神的老頭子，竟然是他昔日的老闆，他成功教材的大恩人？！

被告席上的老頭，喃喃自語著，眼神看著四周，似乎不把法庭當作一回事的哼著歌。

「老闆…」田野一時之間也傻了。

「法官大人，證人已經回答，證實被告席上的確是何承恩本人。」

「法官大人，我的當事人罹患失智症，有醫院開立的證明在此，已經無法再進行證人對質。」被告律師趕緊拿出醫院開立的證明。

田野一邊聽著兩方律師的交鋒，一邊看著老闆的舉止，想著自己當初如何掏心掏肺的聽命於他，視他為偶像，奉他為恩人。

好幾次的演講，把老闆捧上了天，還多次在公開場合喊他為爸爸，現在這付光景，自己已經夠慘，還拖累了阿旺。

光想到就一肚子火，田野直接拿起剛剛宣示的六法全書，也不管雙手正銬著，直接就往被告席上丟去。

「你把我害慘了！還給我裝什麼瘋賣什麼傻！」

六法全書被丟歪在被告席前，看著封面與書頁一分為二，何承恩也只是傻笑，繼續望著遠方哼著歌。

「田野你冷靜點。」阿耀看著好友被法警制伏在證人席上，連忙低聲在他面前提醒。

「已經幫你轉為證人身分，再給我一點時間…」

「滾！都給我滾！我什麼都沒了…沒-了！」

昔日意氣風發的馬塞爾老師，如今在證人席上哭得梨花帶淚。

審判長忍不住朝天翻了白眼。

「檢方律師，證人現在還能對質嗎？」其中一名法官問著。

「法官，請給他時間冷靜。」

「休庭半小時。」審判長敲了法槌，頭也不回的往身旁的門外走。

阿耀則在法警身後，跟著田野進入休息室。

「…我申請律見，為何不見？」阿耀開門見山的問著。

「你跟瑞秋快活去就好，幹麼管我？」

「你是我朋友…」

「是啊！朋友！」田野起身，戲謔的看著阿耀。

「我還真感謝你，在我落魄的時候，不但沒放棄我，連我女友也“照顧”到了，好-朋-友！」

「瑞秋的事情不重要，現在要做的是想辦法讓你出來，檢方好不容易在東南亞逮到何承恩，將他潛送回國，今天這場對質尤其重要，你如果沒做好，何承恩幹下的事情，你也脫不了關係。」

「本來就跟我沒有關係，他…」

「那你弟弟怎麼會淪為人頭帳戶？何承恩現在裝瘋賣傻，你要怎麼辦？」

田野瞬間清醒過來，他深知自己必須要平安，才能顧好弟弟的未來。早在瑞秋跟他爭論阿旺的存在時，他心底就已有答案。

他閉上眼，回想與何承恩共事這幾年所發生的事情，試圖找尋蛛絲馬跡…

隨後，他拿起桌上的紙筆，寫起一些東西。

「他現在裝瘋賣傻，試圖逃避刑責，可有些東西，除非他死，否則，賴也賴不掉。」

***

田野的這場風波，足足挨了半年。

他的前老闆，由於人贓俱獲，被判刑十年，可有國內大型醫院的醫療證明，宛如獲得神主牌，得以於治療後再行入監。

意即，只要何承恩一輩子裝瘋賣傻，他永遠不用吃牢飯。

田野受此次風暴影響，財產全被扣押，但羈押期間積極配合檢方偵辦，且從過往的活動影片看來，田野雖以【投資購物專家】馬塞爾老師的身分活動，但並未在公開場合，進行該公司傳銷事實。

銀行法重罪是免了，但是，利用弟弟的身份入會是真。

法庭內，阿耀身為田野的辯護人，不斷的跟法官解釋原由。坐在審判席的法官，說來也巧，竟是當初審何承恩的審判長！

他不耐的看著底下兩方人馬的激辯，最後，他示意兩方律師上前。

阿耀跟檢方律師聚在台前，聚精會神的看著他。

「我說你們，半年了。何承恩案都已簽結，你們還在吵什麼？」審判長不慍不火的問著兩人。

「被告是偽造文書罪，也有充足證據顯示，違反銀行法進行詐貸，他利用弟弟的戶頭，提供給何承恩…」

檢方律師振振有詞的敘述著，立馬被審判長打斷。

「好好好…」

他深呼吸，看著被告律師方的阿耀。

「偽造文書，指的是利用他人身份進行不當之利益取得。被告雖利用弟弟的身份入會，但原因也只是，想讓中度智障的弟弟多點賺錢機會，其情可憫…」

審判長微微舉起左手，示意他們回到各自位置。

「檢方律師，請出示相關證據。」

檢方律師及助理隨即呈上。

「這是田旺在南方銀行，華人銀行以及信義銀行的申貸記錄，被告的弟弟只有國中畢業，目前在街上兜售彩券為生，信用評比是絕對不可能核貸那麼高的金額。聽說，每拉一個下線，可以抽取一萬塊的人頭稅…」

「檢方律師，注意你的說詞。」阿耀寒著一張臉。

「我是在向法官陳述證物的可信度。」檢方回覆的同時，還不忘看著阿耀身後，憔悴又不悅的田野。

「法庭上沒有"聽說"這兩個字，請檢方律師注意言詞。」審判長一邊看著證物，一邊指正著。

檢方律師這才閉上嘴。

「法官大人，我要求傳喚田旺。」阿耀說。

「…田旺的狀況，能上證人席嗎？」審判長沒好氣的看著被告方律師。

「他由父親帶著，沒有問題。」

「我反對，田旺是中度智能障礙，等同於一個國小生的程度，有串證的可能性。」檢方律師提出反對。

「我的當事人被收押迄今，家人只有在一開始前來探望，田旺當時並不在場，何來串證之虞？」

「你不會嗎？聽說你和被告是多年好友…」

「請檢方律師不要拿無關法庭上的事情來提出質疑。」

「為求法庭公正性，被告律師本就不該…」

「好了！兩方律師請自重…傳喚田旺。」審判長忍不住拍桌，順勢把桌下的皮鞋也脫了。

檢方律師本想爭取什麼，只見審判長一臉不耐的瞪著他，彷彿他再多說一句，可能就被法槌擊落。

證人席那方的門一開，只見田父挽著四處張望的阿旺走進會場，身後還跟著法警。田野起身，急切的看著緊張的弟弟。

「阿旺。」隔了不知多久時間，田野終於看見自己的弟弟。

「…哥？哥。」田旺開心的手舞足蹈，要不是田父趕緊拉著，否則，他肥碩的身軀可能會引起證人席上的一陣騷動。

「阿爸，哥在那邊欸，我好想他喔。」

「乖，阿旺欸，先坐下。」

「哥，你過來坐啊！阿爸說你出國玩了…去好久，我好想你…」

看著田旺委屈巴巴的臉，手裡還拿著一台合金車，田野低頭就是一陣痛哭。

「法官大人您好，我是田野跟田旺的爸爸-田園。阿旺他會緊張，請求法官大人讓我這個阿爸坐在他旁邊，可以嗎？」

「可以。」審判長點頭。

「你冷靜點，阿旺才能好好回答。」阿耀在一旁小聲說著。

田野趕緊把眼淚給抹了，揚起頭，看著阿旺，給了他一抹笑容。

「阿旺，你現在還在賣彩券嗎？」阿耀走向證人席。

「嘿啊！你要買嗎…」阿旺四處張望他的彩券書包。

「今天不賣，我們來看哥哥的。」田父提醒。

「喔，今天不賣，我來看哥哥的，在那邊。」

「你很愛你哥哥，對吧？」

阿旺燦笑。

「哥哥很疼我，我也喜歡他。」

「他是怎麼疼你的…」

「法官大人，我抗議，這根本是在拖戲。」

「我正在循序漸進的問起關鍵，有助於案件內容。」

「抗議無效，仍請被告律師加快法庭程序。」審判長回答。

阿耀拿起證物之一。

「阿旺，你還記得這個嗎？」

阿旺看了一下，點頭。

「我的存摺，印章…還有那黑黑的身份證。」

「這是你給哥哥的嗎？」

阿旺沉默了幾秒，然後點頭。

「哥說，要幫我賺錢，我就可以少賣幾年彩券，還可以帶爸爸去進香，去旅行。」

「你有拿到錢嗎？」

見著阿旺思索不回話，阿耀換了方向再問。

「你有從哥哥手上拿到商品嗎？」

「法官大人，被告律師明顯誘導證人陳述。」檢方再次提出抗議。

「抗議有效。」

阿耀試著突破隘口未果，只能換著檢方律師提問。

「阿旺，你的存摺都是自己管的嗎？」

「我爸爸管的…」

「哥哥常常回家嗎？」

阿旺看著父親沉默不語，童稚的思維也能體會家中的事情。

「哥哥很少回家，會跟爸爸吵架。」

「你拿存摺，印章跟身份證件給哥哥，爸爸知道嗎？」

阿旺看著在場所有人，臉不自覺的低下頭。

「阿旺，是不是你哥教唆你偷這些東西給他？」

田野感覺阿旺的呼吸急促，他知道再這麼下去會發生何事。

「律師先生，可以了…」他連忙站起來阻止。

「抗議，法官大人。檢方律師的問題太尖銳，證人有可能會被刺激到…」阿耀趕緊聲請抗議。

「田旺先生。」

檢方律師直接雙手靠在證人席上，近距離看著低頭不語的阿旺。

「你哥利用你的戶頭詐貸，你已經沒有錢帶你阿爸出去玩了，你難道不知道嗎？」

「你好了沒？他一個孩子哪知道什麼貸不貸的？怎麼能這樣問啊？」田父雙手擋住兩人之間的距離。

「我哥才不會這樣做！你是壞人！」

阿旺一臉煞氣的抬頭，直接把手中的合金車，往檢方律師的臉上砸去，現場一陣騷動。

「阿旺，放下！」田父趕緊拉住他，身旁的法警也來幫忙。

「你敢欺負我哥試看看！」田旺在一群人的壓制下，對著狼狽躲在旁的檢方律師咆哮。

田野也顧不得法庭內的身份，越過被告席直往田旺的方向跑去，幾個法警跟阿耀趕緊攔住他。

「阿旺，哥哥沒事，沒人欺負哥哥！你要冷靜！」

這時，本來早已沒有消息的晉豪，突然從法庭外衝進來，經過旁聽席，直接翻過欄杆進場，把田野拉回位子上。

「安靜，統統安靜！」審判長拼了命的敲著法槌。

「書記官，你們幹什麼吃的，還不快去幫忙？！錄音席的還傻在那邊幹麼？去啊！」

最後，其中一名法官跑回後方，直接拿出一個鑼，拼了命的狂敲。

所有人，因為這突兀的聲音而靜止了，就連盛怒之下的阿旺也安靜下來。

鑼聲停止，審判長小聲的向該名法官致謝，隨後對著麥克風，朝底下的人一陣飆罵。

「現在演什麼？法內情還是法外情？胡鬧！一群人藐視法庭，全部拘留一日！」

「審判長，我…我是被攻擊的一方。」檢方律師出來喊冤。

「審判長，法官大人，都是我不好，我只想幫我弟弟賺錢，我真的錯了…我對不起阿旺…」田野跪在地上泣不成聲。

「哥…你在哪裡…」阿旺不懂眼前的情形，被幾名法警壓制的他，一心只想看哥哥怎麼了。

於是，法庭內破天荒的出現兩造人馬，除了田父以外，連同律師一同被關進拘留所的場面。

***

「審判長是什麼意思？說拘留就拘留。我是檢方律師欸！」

約莫六坪的空間裡，擠了兩造人馬。

田旺靠在哥哥的大腿上，輕鬆的哼著歌，田野看著眼前的一切，或許是待久了，反而坦然了。

褪下了袍子，阿耀心事重重的靠在對角，同樣都是律師，看著焦躁在門口，不斷對法警吐苦水的檢方律師，不禁輕蔑一笑。

「他有什麼理由拘留我？司法拘留？刑事拘留？還是行政拘留？我是…」

檢方律師忍不住回頭看了阿旺一眼，小聲的對著法警繼續說下去。

「我才是受害者欸…」

「你可以考慮請律師啊。」

阿耀突如冒出這句話，讓田野忍不住笑出來。

檢方律師臉一陣青，看著法警也在憋笑，乾脆悻悻然的往另一邊坐下了。

田野與阿耀對視了幾秒。

其實，這段時間，田野是很感激好友對他的幫助，無奈中間隔著一個瑞秋，好友變成了表兄弟，自己成為被好友跟女人背叛的那方，心底還是有氣，謝謝兩個字，他始終說不出口。

「哥，我好餓，又好無聊。」田旺玩著自己的手指頭，哀怨的說著。

「晚點就放飯了，再等等。」

幾分鐘後，法警拿著幾個便當遞進拘留室內，後頭還有一袋燉肉跟白飯。

「燉肉跟白飯，是一位田先生送來的，還有…」

法警從鍋內取出一袋看似白飯包的東西，直接丟進門內。

「這是給阿旺的。」

田野迅速的走到門口，冷靜的拿起袋子就往回，他坐回位置上，打開一看，是一疊空白圖畫紙跟一盒蠟筆。

「啊可以畫畫…」

田野趕緊示意他小聲。

「先吃飯再畫畫。」

田旺點頭，手上已經拿著免洗湯匙，大口大口的吃著微涼的便當，田野把自己的那一份也給了弟弟，還不忘再加送上的白飯跟燉肉。

那香味…田野是邊流淚邊盛給田旺，這是父親做的味道，他絕對不會忘記。

回憶翻湧著田野的思緒，他想起母親的死，父親忙碌的身影，親子間的疏遠與淡漠，唯有弟弟跟一鍋燉肉配白飯，成就了田野家庭的時光。

檢方律師在一旁吃著不合胃口的便當，看著阿耀吃起燉肉配白飯的饞樣，既是好奇又不敢相信。

「好吃，試試。」

檢方律師一開始還死硬著不肯，後來，是田野親自端到他面前。

「我爸爸做的燉肉，一直都很好吃，會做這道，主要也是向您賠罪。律師大人，今晚大家都在同一條船上，不分你我他，也不管法庭內的劍拔弩張，請您大人有大量，原諒我弟弟的衝動。」

摸順了毛，檢方律師也不再擺起架子，優雅的嘗了一口後，也開始狼吞虎嚥起來。

「沒想到，你還是很厲害。」阿耀在一旁，故意用鼻音說著。

田野沒回他，逕自走回阿旺身旁坐著。

明天會如何，他不多想，田野已經什麼都沒有了，可他還有弟弟，此時此刻，就在身邊。

「哥，我們明天可以見到爸爸了嗎？」

「或許可以。」

「爸爸為什麼要騙我？說你出國了。你…在坐牢？對吧？」

田野點頭。

「那我們現在，一起坐牢？」

「…你怕嗎？」

說太多事情，阿旺是聽不懂的，田野簡化了問題的複雜，直接問他重點。

「有哥在，不怕！」

田旺的笑靨，帶有幾粒白飯在上頭。

只是，經過今天的混亂，田野心中有疑，關於晉豪大哥…這裡已經沒他的事情，怎麼會突然出現？

「阿旺，你認識晉豪叔叔嗎？」

飯後，田野問著弟弟。

「…阿豪叔叔嗎？」

「就是，常常穿一件白色背心，綁馬尾的叔叔…」

「嘿啊！還會吃檳榔的阿豪叔叔。」

「叔叔有常去…」

不等田野說完，阿旺開始四處翻找著東西。

「我的車子呢？阿豪叔叔送我的車車在哪裡？」

田野立刻想到，阿旺今日出庭時，手中那台合金車，早就被沒收到不知何處了。

「阿旺乖，你可以先畫車車，玩具過幾天就會還你了。」

「你那台玩具車還想要呀？那可是證物，可以控告你…」

「你最好搞清楚，拘留室內，現在是誰的人數比較多。」

不等檢方律師說完，阿耀直接頂了回去。

***

終於，到了宣判的那一天。

田野站在被告席，身旁還有比他還緊張的阿耀。旁聽席上，只有桃姨在場。

審判長看了法官呈上的判決書後，與其他同席的法官確認。

「田野先生，請起立。」

他站起身，等待法庭的判決。

「田野先生，你可知偽造文書得要判刑五年？」

「我知道。」

阿耀坐在位置上低頭不語，身著律師袍的他頭一回感到七上八下。

「這樣幫你弟弟，得到這樣的下場…值得嗎？」

田野沉默了幾秒。

「我只能說，錯信了不該信的人，識人不清，罪有應得。只是，我放心不下自己的弟弟，倘若真的要關，阿旺要怎麼辦？」

審判長深吸一口氣，再次脫掉了皮鞋。

「你現在有兩個選擇。一個是兩年的刑期；另一個，緩刑一年，外加易服社會勞動。」

阿耀抬起頭，看著審判長。

「請問審判長，社會勞動的內容…？」

一份厚實的公文，就這麼放在兩人面前。

「這間幼兒園位在山區，長期以來，一直處於需要幫助的範疇，詳細的內容，等你們決定好再翻閱吧。」

幼兒園？田野瞬間還消化不了，可為了不讓自己坐牢，外加可以就近照顧弟弟，他毫不猶豫的選擇答應。

庭後，桃姨帶著他走出了法院，田野整個人輕飄飄的，所有人在他身邊，講出的話，似乎成了空谷回音，只剩下嘴巴在眼前動個不停。

「桃姨，我爸呢…」他臉色蒼白的望著前方。

「你爸啊…他去修行了。」桃姨面有難色的回答。

田野隱約只聽見修行兩個字，隨後，他只感覺眼前一陣黑…

就在眾人的一聲驚呼聲中，剛重獲自由的田野，終於氣力放盡的倒在地上。

第二篇　承擔

出發前一晚，田野正幫著阿旺收拾行李。

「阿旺，一個行李就夠了，把衣服先裝起來…那玩具飛機太大了，裝不下的。」

得空時，他試圖聯繫失聯的父親，卻始終未果，電話的那一端，是語音信箱，還不讓留言的那一種。

直到桃姨帶著晚餐到家裡，田野終於忍不住問了。

「桃姨，我爸到底去哪裡了？」

「就…修行去了。」

「修行也有個地方，哪個寺廟還是道場？總有個電話可以聯絡吧？」

「不要問啦，吃飯。」

桃姨本想去廚房拿碗筷，卻被田野擋住了去路。

「桃姨，拜託。」

桃姨又是無奈，又是不耐的抬頭看他。

「你爸說，叫我別講。總之，你就好好照顧阿旺就是了。」

桃姨越過他，直接進了廚房。

「他是覺得丟臉吧？因為有我這個兒子。反正，他就只想著他自己，什麼行善，什麼公益，哪裡需要就往哪裡跑，我怎麼做他都不會在乎的…」

「你說什麼瘋話啊你？」桃姨直接舉起拿著筷子的手，往田野頭上打下去。

「這次出事，你爸…哎呀！總之，你就帶著阿旺去山上，把社區勞動給做好，幼兒園很需要幫忙的…野啊，你要去哪裡？」

「我不餓。」

田野心情鬱悶的欲回房，卻被阿旺擋在房門口。

「不行，醫生說要吃飯。」阿旺直搖頭。

這半年多的看守所生活，每分每秒，每根神經無時無刻都緊繃著，連吃飯都難以消化。

獲釋後的昏倒，就是最明顯的例子。

「明天就要上山了，也不知道在那裏吃的會不會營養，你爸…」

「叫他自己過來跟我講。」田野回頭。

「他心裡只有神明，只有行善，只有那些義子義女，他有沒有關心自己的孩子？我是他親生的欸！」

「你是在怪你爸嗎？」聽到此，桃姨說話的音量也大聲起來。

「他有叫你做直銷嗎？你叫阿旺拿證件跟戶頭，有問過你爸嗎？」

田野被堵到說不出話來，他直接走出家門，不顧阿旺跟桃姨的呼喚。

拐了一個彎，他差點撞上前來探望的阿耀。

「…你來這裏幹麼？」

「你明天就要上山了，朋友一場，我還是想來看看你。」

田野覺得可笑，他不屑的看著眼前人。

「我該感動嗎？我的好朋友。睡了我女人，領了我律師費，還順帶附送一齣餞別。」

「我們就不能好好坐下來聊嗎？」阿耀耐著性子跟他說。

「我帶了烤鴨，阿旺最喜歡吃的，回家吧。」

「那是我家，跟你沒有關係。」

「你還是我朋友…」

「林主耀，你他媽少貓哭耗子的。」

眼見僵持不下，阿耀只能把手中的食物給了田野，直接回頭走人。

走沒幾步，阿耀回了頭。

「那十二萬，我一毛都沒拿，全在你爸戶頭裡。」

又是我爸，田野心想。

「等一下…你知道我爸在哪裡嗎？」

田野看出阿耀的遲疑，回想起當時在看守所，他忍不住的朝天吶喊：

「對，全世界就我不知道他在哪裡，躲我跟躲什麼似的！」

「…你爸沒有躲你。」

「那你告訴我啊！他在哪裡？」

「時間到了，你自然就會知道。」

要不到想知道的答案，田野暴氣的踢著身旁的圍牆，反射的力道把自己給跌了。

「野，你在幹麼？」

阿耀趕緊跑過去扶起他，卻被田野一把推開。

「滾！你跟我之間，只要有瑞秋在，不可能會是朋友。」

阿耀定在原地，深吸一口氣。

「關於瑞秋跟我的事，我真的很抱歉，是我對不起你。你發生的事，瑞秋也叫我不要管，可我不能見死不救…」

「那我還真謝謝你啊…我已經說謝謝了，滿足你的愧疚感，你可以走了。」

田野才要回頭，只見阿耀衝上前擋住他的去路。

「你一定要這樣嗎？」

田野怨恨的看著他。

「你跟瑞秋在床上快活的時候，有沒有想到我這個兄弟？」

看著阿耀臉色嘩變，田野繼續說下去。

「我們從大學辯論社認識至今，你有難，我挺你；你畢業後開事務所，我拿出當講師賺的第一筆錢，無條件資助你；你怎麼回報我的…嗯？」

田野從齒縫中擠出的一字一句，無不透漏著失望，以及被雙重背叛的心傷。

「身為好友…不，已經不是了。我只能告訴你，瑞秋是什麼樣的女人，我清楚…也許哪一天，她也會這樣對你的。」

「不會的…你不要亂說話…這跟你沒有關係。」阿耀的罪惡感跟顏面在交戰著，不時的喃喃自語。

紅著眼眶，田野越過了他，默然的徒步回家。

***

隔天清晨，一台小發財車停在田野的家門口。

桃姨打包著早餐，好讓田野跟田旺兩兄弟在路上吃，還不忘準備另一份給司機。

田野提著包袱出門，傻了。

「阿豪啊，這你的早餐。」桃姨親切的看著下車的晉豪。

「謝謝大姐。」

看著晉豪和顏悅色的表情，一點也沒有當初兇神惡煞的狠樣，還來不及消化是怎麼回事，桃姨連忙催促著兄弟倆上車。

「這…桃姨，不是妳親戚來接嗎？」

「阿豪要跟你們一起上山，有問過了，可以的。學校那邊欠人手，多一個人幫忙也好。」

晉豪把早餐放回車上，直接走向兩人，把他們手中的行李接過，田野下意識的退後，躲在阿旺身邊。

「野啊，你要加油，把弟弟照顧好，家裡面有阿姨在。」

田野根本沒把桃姨的話聽進去，看著晉豪坐回車上，他害怕的問著：「他怎麼會在這…」

桃姨略為尷尬的笑了笑。

「已經沒事了啦，你不要擔心，阿豪其實人很好的。」

「哥，上車了。」

阿旺打開副駕駛座的門，本想一屁股坐下，卻被晉豪攔住。

「阿旺，坐後面，叔叔有事要跟你哥哥講。」

田野聽到，差點要往後方跑，上次差點要揍爆自己，這次不知道搞什麼花樣？

「去啦！」桃姨用手頂了一下他。

就在惶恐不安的情況下，田野遲疑的上了副駕。

「桃姨，叫爸打電話給我喔。」

「會啦…去吧。」桃姨別過臉，不讓田野看到不捨的表情。

車子駛離了家門，田野看著越來越遠的房子，心中感慨良多。當初離家，是為了證明自己的能力；如今離家，是為了彌補自己的錯誤。

唯一相同的是，父親永遠不在現場。

田野心中縱使埋怨，卻也希望父親能夠送他一程，哪怕看一眼也好，起碼他還清楚，父親是關心自己的。

而在前往山上的途中，晉豪滔滔不絕的說著這段時間發生的事。

船公司對於母親的死訊知情不報，以致他跟船公司決裂。原本拿不到此次漁獲錢的晉豪，因為田野的事情，進而認識了一些記者，嚷嚷著要把事情鬧大，船公司才趕緊支付了錢，連帶也出了一些賠償金。

加上母親走後，整理遺物時跟財產時，晉豪發現母親遺留下的物品…

原來，廖阿姨早在生前，就已經立下遺囑，名下的財產跟房子都歸晉豪所有，且寫了一封信請律師轉交於他，請兒子好好照顧田野。

他當然得好好照顧，於情於理，田野空隙時間，都在幫廖阿姨理財，還分擔起晉豪本該扮演的角色與陪伴。

至於晉豪，一出海就是半年，下船也只有一個禮拜左右的時間在家。當初，聽聞母親有個做直銷的乾兒子，他是滿肚子懷疑跟排斥，不明就理的就是一陣批評，如今回想，難免愧疚。

「再怎麼樣，你幫忙照顧我媽到最後，這份恩情，把你當做弟弟也應該。」

田野一路上鮮少回話，臉色蒼白的看著窗外，每轉一次彎，一個顛簸，他的胃就翻攪一次。

後座的阿旺已經頭昏眼花，就在經過一個大彎之際，早上吃的包子饅頭就這麼吐在車內。

「唉唷，怎麼吐了。」

晉豪趕緊把車停在路邊，田野聞著車內的氣味，再也忍不住的開啟車門，直接歸還大自然。

「你們會暈車喔？唉唷怎麼不早講，剛剛在山下就有藥房可以…」

「一大早哪來的藥房啦…」田野虛弱的回應。

「還要開兩個多小時欸，你們這樣怎麼辦？啊不然…野你來開車好了。」

田野蒼白的臉回頭看著駕駛座。

「手排車我不會開啦。」

「不然我在旁邊教你啊。」

「這山上欸，你不怕墜谷喔？」

晉豪手中拿著抹布，瞪著他的一瞬間…

「好啦，讓我緩一下。」

田野心不甘情不願的下車，走到另一端的駕駛座。

***

（陽光山林幼兒園）

廚房阿姨匆忙的跑向辦公室，趕緊接起不知響了多久的電話。

「好的，稍等一下。」

電話放在一旁，阿姨又小跑步的走向外頭，找到不遠處正在修著除草機的女人。

女人帶著遮陽帽，手中的綿紗手套沾滿油污，一聽到是義父打來的電話，趕緊放下手邊的工作，三步併兩步的走回辦公室。

「爸，真是抱歉，剛剛在修除草機…我再試看看，真的不行，再換也不遲。嗯…看時間，他們再過一兩個鐘頭就會到了…爸你放心，我會好好看著他，您身體要顧好，等這裡狀況穩定，我會下山去看你的。」

電話落下，林甄看著桌上的法院執行令，身旁還有教育局等各單位寄來的公文和申請回覆。

匆忙的拆開其中一份公文，盼來的卻是失望的消息。礙於交通問題跟成本，山下的廠商遲遲不願接下村裡的食材採購跟運送，已經開學近兩個月，除了自己所在的地方外，周邊還有五個村落也面臨同樣的問題。

林甄深吸一口氣，打了通電話給國小部，縱使她很不願意這麼做。

「陳主任您好，我這裡是陽光山林幼兒園，我是林甄。請問校長在嗎？在忙是嗎？那我等一下方便打給他…喂？」

林甄生氣的掛上電話，差點沒爆粗口，每每打過去都沒什麼好口氣，這次連話都沒說完就被掛電話。事到如今，還是得麻煩村長了。

走向廚房，看著今早送來的可頌麵包跟雞蛋，廚房阿姨正忙碌的分裝著中午要吃的麵條，裡頭的部份食材，除了當地農夫的饋贈外，其餘還是村長四處奔波，從山下開一個小時的車送上來的。

「園長，麵好了，要先吃嗎？」阿姨回頭看著林甄對著那幾鍋麵條發呆。

「阿姨，我不餓，不用準備我的。」林甄微笑著，離開了廚房。

這裡是她的故鄉，學校的事情，比任何都重要，走回了辦公室，她聞著麵條的香味，啃著蘋果麵包配溫開水，心中縱使有火，卻也無可奈何。

想起等等會見到的人，她下意識摸起上唇的疤痕，這是林甄的習慣動作，回憶倒退了很長時間，也不知他是否還記得自己。

縱使記得，又怎麼樣呢？那不是一個愉快的回憶，林甄到現在都還有陰影。

月亮獨照在窗台的夜晚，七歲的她，穿著義父送她的白色蕾絲小禮服，茫然的走向一個滿臉恐懼的小哥哥…

此時，一個用雪花片組成的小動物，放在了林甄的桌前，戴著白色口罩的小女孩，仰頭看著她。

「晶晶做了好可愛的小動物，妳要送給我嗎？」林甄回神，在孩子的面前，溫柔和藹的甄甄老師又回來了。

雖隔著口罩，仍能從眼神中，感覺晶晶的笑意。

班上的老師在外左顧右盼的尋找，終於在辦公室看到晶晶。

「原來妳在這裡。」

「她怎麼了？」林甄問著。

「晶晶不願意吃飯，跑到這裡來了。」

「我來帶她，妳先回教室忙。」

「我去拿她的餐具。」

看著晶晶脫下口罩，安心的吃著碗內的食物，林甄才開始專注於桌上的文件，也煩惱著學校往後的走向。

***

孩子們放學了，就在幼兒園最後一個小朋友被接走後，遠方一輛小貨卡駛來，時而流暢卻又突如停下的步調，伴隨著車內吉馬大對唱的音樂。

林甄起初竊喜，隨後又板起了面孔，看著其他老師望向那方的疑惑，她索性轉身走回園內。

「下坡了，打 3 檔…嘿…要踩離合器啦！」

田野臭著一張臉，開著晉豪的手排車，還得忍受他不斷在後座訓話式的指導。

「我知道了，你去把阿旺顧好啦！」

「他早就睡著了，是要顧什麼？」晉豪在車後點起煙來。

「那你幹麼不來換手？」田野不悅的回頭。

「轉彎了！注意一下。」晉豪又吼道。

田野趕緊回頭繼續開車。

「…我們快到了，你可不可以把煙給熄了？」知道吵不過他，田野只能換個話題。

晉豪拿起口袋內的資料，再看看不遠處。

「陽光山林幼兒園？這看起來像是魔幻森林幼兒園吧？」

田野望去，除了幼兒園大門旁擺放的幾個蘑菇擺設外，夕陽迅速的落在另一端的山頭，晚霞配著慘白的路燈，映照著門口，斑駁的招牌更顯破敗。

車子停在門邊，連同剛醒來的阿旺，三個男人瞠目結舌的從車窗看向門口。

「哥，這裡是鬼屋嗎？」

「不要亂講話。」田野趕緊說著。

裡頭的辦公室跟走廊都還有燈光，看來就是這裡沒錯。

「我下去按電鈴。」田野直接下車。

「哥你不怕喔？」阿旺擔心的問。

田野指著坐在阿旺身旁的晉豪。

「他比較可怕。」

看著文件上的彩色照片，再看著眼前鏽蝕的招牌，創校 25 年，連個換門面的經費都沒有嗎？

這間的老闆到底是…嘖嘖。田野心想。

按下通話鍵，隨後是小門自動開啟的聲音。

車內的阿旺嚇得把頭埋在晉豪的胸前，田野回頭看著兩人，隨後面對冗長的步道，一步步的走進去。

「妳好。」看著其他人在屋內走動，準備要下班。

起碼，終於證實這裡不是鬼屋。

「園長說，你們直接進去找她。」

田野禮貌的點頭，看著身旁的門口，牆上掛著【辦公室】的字樣。

對著門外的晉豪揮手，指著辦公室的方向後，田野直接進入。

「您好…」

「你們遲到兩個小時，怎麼回事？」

林甄正在電腦前忙碌著，連看著他的時間都沒有。

「呃，很抱歉。」田野當然不可能把熄火多次，路上多次停車，安撫暈車的阿旺的事情跟對方講。

「我差點要通知地方派出所，像你們這樣社區勞動中途不到的，我看太多了，是不是嫌遠啊？」

「我們沒那個意思，講話不需要這樣子呀。」

「不然我要怎麼說？」林甄起身，拿起桌上的文件，往身後的櫃子歸檔。

「我現在可是你的監護人，這一年在幼兒園內，你最好配合園內的工作跟活動，不要有任何遲到早退甚至違紀的行為。」

她回頭，看著一臉不悅的田野。

「有任何問題嗎？」

「我覺得…」

「哎呀，美女不好意思，我們來晚了。」晉豪在門外陪著笑臉走進來，趕忙賠個不是。

「你是陪同的廖先生嗎？」

「是的，是的。美女啊，哥給您解釋一下，我們這一路上走走停停的，因為阿旺會暈車啊。阿旺，來看美女姐姐。」

阿旺緊張的四處張望，在田野身旁停了下來。

「園長啊，他是田旺，田野的弟弟。」

原本蠻橫的林甄突然變了一個人，她揚起笑臉，親切的抬頭看著阿旺。

「你就是阿旺啊？我是甄甄，你可以叫我甄甄姐姐。」

阿旺這時才放鬆下來，微笑的看著眼前人。

「暈車吐了，很難過吧？我帶你們去吃點東西。」

穿過兩人，林甄帶著阿旺走出辦公室，往廚房走去。

「我的天哪…這女人變臉的程度，比川劇還精彩。」田野喃喃自語著。

「你嘴巴甜一點，不要忘記，你哥我，還有你弟，我們得在這陪你一年呢…」

「你也要在這？！」田野險些大喊。

「啊不然勒？我都跟船公司翻臉了，下不了海，哥陪你上梁山總可以了吧？」

田野本想多說什麼，外頭早已傳來林甄的聲音…

「你們是不餓嗎？！」

兩個男人趕緊跑向廚房，要互懟，吃飽了再說吧！

***

第二天一早，宿舍餐廳。

幾個人正在吃著簡單的早餐，田旺可是津津有味的狼吞虎嚥，田野握著碗稀飯，看著桌上的幾盤菜，整個就是嫌棄。

看守所內吃得寒酸就算了，連上了山也是這般簡陋，他忍不住把筷子放下。

「吃啦，這裡可不是在家。」晉豪用手肘頂了他一下。

田野老大不情願的靠在椅背，以往都是西式早餐，晨間必定有一杯曼巴咖啡提神，就算後來落難，起碼離家轉角還有個早餐店充數。

如今在這，只剩下稀飯跟幾盤菜，連個像樣的肉都沒有，要喝點東西，也只有開飲機的水。

「想一下，這裡比當兵的伙食要好多了。」

「我免役，你知道的。」

田野從小體弱多病，田父當初一直想讓孩子去服兵役卻未果。

林甄站在餐廳門口，一切都被她看在眼裡，正當廚房阿姨拿著一盤切好的鹹蛋黃經過，她想也不想的攔著阿姨，直接接過來，走向他們。

「您好，為各位上一道“英式焗鹽蛋”。」

在場除了田旺以外，其餘兩個男人瞬間繃緊神經的坐正。

林甄坐在阿旺身邊，繼續說著：

「我們這裡，早餐幾乎都是“中式燉飯佐甘藷”，“台式醃蘿蔔佐香煎雞蛋”，搭配“青蔬佐托斯卡尼豔陽黑松露”，招待不周，敬請見諒。」

「啊…哈哈，園長太客氣了，」

晉豪皮笑肉不笑的回著，田野則是看碗裡的地瓜稀飯，桌上的菜脯蛋，以及部份帶著黑點的清炒高麗菜，嘴角抽搐著。

「不知田野先生，對這裡的菜色滿意嗎？」

田野腳部一陣疼痛，肯定是晉豪試著攔下他。

「不要踩我啦！我一定要說。」他站起來。

「我來這裡做社區勞動，沒殺人放火的，為什麼用這種態度對我？」

「坐下啦。」晉豪趕緊把他拉回座位上。

林甄看著田野。

「要人尊重，必先自重。忘記跟你說，這裡房間的隔音不好，昨晚你連珠砲似的跟廖大哥抱怨這裡環境多差，床有多硬，枕頭不夠蓬鬆，被子不夠保暖等族繁不及備載事項，所有人都聽到了。」

兩人面面相覷，場面有點尷尬。

「不會啊。」阿旺說。

「甄甄姐姐，早餐好好吃，我昨天晚上也睡得很舒服喔！」

邀功式的讚美，田野都忍不住白了自己弟弟一眼。

「美女啊，我以前是跑船的，這裡比船上舒服多了，我才不會嫌棄勒。」

怎麼你也…面對兩人的陣前倒戈，田野成了眾矢之的。

「田野先生，我們這裡是公辦民營的非營利幼兒園，你腳下這片土地，住的地方，孩子們上學的校區，大家使用的設施，都是政府無償提供，法人團體負責經營，按照法規，不得以營利為目的。」

「你想吃好，住好，這裡沒辦法給你。不要忘記，你雖然沒殺人放火，可犯法事實存在，你才會在這裡，進行為期一年的社區勞動。」

田旺看著其他人，他也感覺到氣氛的不對勁。

「姐姐…」

「阿旺乖，姐姐在跟你哥哥講道理，沒事的。」林甄安撫著阿旺。

「喜歡幼兒園嗎？姐姐想請你，晉豪叔叔，還有野哥哥當姐姐的小幫手。」

「可以啊。」說到要幫忙，阿旺整個雄糾糾起來。

「當小幫手，會很辛苦的。」

「沒關係，我會保護妳。」

田旺的話，雖然邏輯不通，可也代表著他高度重視林甄給予的任務。

田野知道自己理虧，也不好多說什麼，只是心頭還是鬱悶，他索性起身往餐廳門外走。

「七點在幼兒園門口集合，你只有 10 分鐘的冷靜時間。」林甄在後面嚷嚷著。

「妳這樣給他逼，不怕他跑掉喔？」晉豪小聲的問。

「他不會的，要跑早跑了。」林甄看似輕鬆的說著，不時還摸著上唇。

田野走出宿舍大門，一眼望去，除了山坡上的學校，再加上日光吐白的雲霧繚繞，其餘的，就是馬路，山谷的溪流，以及小群的聚落。

父親現在下落成謎，所有人都瞞著他，深怕自己知道什麼似的，上了山又遇上這個女魔頭，這才一個晚上過去，田野好想回家。

隨手拾起一顆石頭，才準備要丟出去，一個操著原住民口音的大叔立刻制止他。

「年輕人，不可以。」

田野還沒回神,手中的石頭已被對方搶了過去,扔回地上。

「你外地來的吼？這裡可是山神部落區，你拿石頭丟山裡，給村裡面的老人家知道，會被揍！」

「喔…對不起。」田野楞了一下。

「我們村裡相傳，都是山神的孩子，山是父親，流下來的溪水是母親，父母給了我們這麼大片的土地滋養我們，不能對他們不敬，懂嗎？」

看著眼前大叔，認真的闡述著當地事情，田野聽了下去，頻頻點頭。

「林甄在不在？我要去找她。」

林甄？田野立刻聯想到那個女魔頭。

「在裡面吃早餐…大叔，她很兇，你小心一點。」

大叔倒是笑了。

「你是那個來勞動服務的吼？」

田野還在疑惑，大叔是怎麼知道自己的身份時，廚房阿姨倒是從宿舍門口對著倆人打了招呼。

「村長啊，園長在裡面吃早餐呢，唉唷，本來要去找你的，沒想到你自己來了。」

看著被稱為村長的大叔走進去，田野再次看了眼前的山景。

一樣是坡上的學校，眼前的馬路，山谷的溪流，群聚的部落，因太陽升起開始有了新的面貌。眼前不再是迷霧，而是朝陽，一天就這麼開始了。

田野微微一笑，心底似乎開悟了些什麼。

***

經過那次在宿舍的事件後，田野不再嫌棄，不再埋怨，倒是認份了起來，專心的做著林甄交代的工作。

晉豪幾乎成了園內的工友，舉凡刷漆，水電，抓漏，補牆等工作，幾乎都是他在包了。

阿旺則是當起了小幫手的工作，縱使他實際的年紀與體格，早已不適合當上幼兒園的學生，但他還是很開心的跟其他小朋友一起上課，得空還去幫忙廚房阿姨。

至於其他…

「喂，我哥哥說你是通緝犯。」僅存的兩位大班生，帶頭教唆的是校內最皮的小孩-阿信。

田野自顧自的拔起地上的野草，不想理會這孩子的沒大沒小。

「耳聾還啞巴？」阿信一邊問著，一邊跟身旁同樣大班的同學-子役，訕笑著。

「你那個胖子弟弟，昨天中午吃了兩大碗炒麵，真的是豬餃，你知道豬在我們這裡怎麼念嗎？“弟弟”，就是弟弟啊！又是胖子又是弟弟，哈哈哈…」

兩個死小孩還沒笑完，田野雙手拿著野草站起身，瞪著他們。

「趙威信，涂子役，你們兩個在幹麼？」恰巧經過的林甄，早已聽見兩個孩子對田野的話。

面對園長，兩人識相的閉上嘴巴，乖乖離開。

兩人互看了幾秒，田野繼續低頭做事，無視於林甄遲疑的表情。

「別怪他們，阿信跟子役家裡沒什麼人在管，他們的爸媽都下山工作了，家裡也只有爺爺奶奶…」

這邊的野草拔得差不多了，田野直接往別的方向走去，不管正在解釋的林甄。而這一切，也被不遠處正準備刷漆的晉豪看在眼裡。

中午吃飯前，林甄特別把園內所有的小朋友叫過來集合。

田野站在小朋友的身後，看著眼前十二株國家未來的棟樑，再看著林甄帶著其他老師，一起站在講台前，不知這個女魔頭又要做什麼？

只見林甄拿起粉筆，在黑板上寫出田野，晉豪，以及阿旺三人的名字。

「似乎有小朋友不知道他們是誰，來學校做什麼，今天，我們來介紹一下。」

所有人的目光放在教室後方的三人，原本雙手交叉及胸的田野，瞬間也懵了，趕緊把手放下，像個模範學生一樣，雙手放後面的立正站好。

「你們有誰要先上台來自我介紹嗎？」林甄問著。

晉豪眼珠兩方轉呀轉，乾脆揚起了笑臉，第一個走到前方，跟所有的小朋友說：

「小朋友好，我是廖晉豪，你們可以叫我晉豪叔叔。」

「好像黑道大哥喔。」中班的小朋友天真的說著。

「像李鑼啦！」小班的同學想起阿公在家裡看的電視劇，想到一個演員的角色。

小朋友瞬間笑鬧成一團。

「那你們叫我老大好啦！」晉豪挺喜歡這種簇擁。

小朋友們開口閉口，一個個老大老大的叫，晉豪又把一旁的阿旺拉上台前。

「這是我的小幫手，阿旺。」

田旺起初還有點緊張，尤其是阿信又開始弟弟，弟弟的喊著。

田野忍了一段時間，這口無遮攔的小孩，父母到底有沒有教好，正當他還在思考的時候。

「田野，田野，田野…」

小朋友們突然齊聲喊他的名字，他回神看著四周，孩子們期待的眼神，老師們打著節奏性的鼓掌，林甄站在台上，示意他上前講話的眼神。

一切變得好熟悉，他回到當初最巔峰，最輝煌的時刻，身上的 T-Shirt，牛仔褲變成設計師西裝套，腳下的運動鞋是名牌尖頭皮鞋，留著一頭潮髮，抹著最愛的古龍水，此時的他，不是田野。

宛如明星姿態，他一個個跟小朋友擊掌，跟老師們握手，握到林甄時，他露出了掌握大局，自信滿滿的微笑，這是一個完全不同的田野，是林甄從未看過的面貌，她趕緊把手收回，有點尷尬，有點無措，也有點欣喜。

他雙手高舉，眾人瞬間無聲。

「來到台前，我花了一分鐘。可成功的來到這裡，我花了近三十年。」

蛤？幾個大人滿臉問號的彼此對視。

「三十歲之前，我不知道何謂成功。可看見你們…」

田野戲劇性的指著周圍的人，原地轉了一圈。

「你們就是我的成功。我以你們為榮！」

老師們尷尬的配合鼓掌，小朋友也捧場的跟著，林甄看著田野的表演，竟也看呆了。

「看看外面的山，流淌而下的溪水，這是祖先的饋贈，是人間的至寶。你們是山神的子孫，當爸爸媽媽為了生活在打拼的時候，身為孩子，是不是要努力學習，給家人更好的生活。」

「是！」

子役忍不住率先喊了聲，阿信還打了他一下。

「白痴喔…」

其他的小朋友也被帶動，陸陸續續的也喊著。

「陽光山林幼兒園，是不是個好地方？」

「是！」這次，一半以上的小朋友應和。

「林甄園長是不是很努力？」

「是！」

「是不是？」

「是！」這次，所有人都附和了。

林甄竟然有點感動，她忍住情緒的看著小朋友們。

「我們要不要聽老師的話？」

「要！」

「跟著我喊，“我愛陽光山林”！」

「我愛陽光山林！」

「愛陽光山林！」

「愛陽光山林！」

「謝謝你們，我是馬塞爾老師…」

晉豪終於受不了，他直接走出來往田野後腦杓打下去。

「麼个小[1]啦！」

***

之後，幼兒園的小朋友們，對三人又有不同的看法跟稱號。

晉豪很享受被叫老大的感覺，阿旺則是被叫成二哥，至於田野…

「田老師，能麻煩幫我去辦公室看一下晶晶嗎？她在教室裡面又不吃飯了。」

晶晶的班導還要顧其他的小孩吃飯，林甄目前不在園內，實在是沒辦法了，只能找上田野。

「好嘞。」田野把拖把放下，洗了手後走到辦公室。

「來，晶晶，把口罩脫掉。」

[1] 麼个，ma-gai，客家語，什麼之意，音同馬改，由於客語在台分眾多語腔，故不再多說。小字音，帶有粗鄙，不敬之意。

田野一邊拿著碗，一邊看著林甄桌上的公文堆出神，這間幼兒園需要解決的問題，比他想像的還要多，缺錢之外，還缺糧！

直到晶晶脫下口罩，田野看著孩子的臉，楞了一下。

「晶晶，妳先吃飯，我去拿吸管。」

田野趕緊從廚房跟阿姨拿了根吸管，阿姨好像已習慣這樣的模式，也沒多問什麼，就直接拿給了他。

田野回到了辦公室，看著晶晶大口大口的吃著碗內的飯，現也無暇再去研究桌上的公文，況且，那也跟自己無關，只是想到，也難怪林甄像個女魔頭似的，幼兒園內那麼多事，缺乏資源又不能營利，壓力之大，任誰都會抓狂。

「晶晶，喝水，不要噎到了。」田野把吸管放在杯子內，讓孩子方便飲用。

他坐在孩子身旁，試著問道：

「妳真的很餓，對吧？」

晶晶一邊吞嚥，一邊點頭。

「妳是不是，不敢在教室吃飯？」

晶晶點頭。

「妳是不是，怕嚇到別人？」

晶晶沒有回話，繼續吃著。

田野暗自嘆了口氣。

「他們不懂,不用在意…叔叔跟妳說一個故事,妳一邊吃,叔叔一邊講。」

「叔叔小時候，遇過一個跟晶晶一樣的小妹妹，當時，叔叔才 9 歲。叔叔的爸爸，安排了一個慈善晚會，叔叔當時沒想到，我要跟一個唇顎裂的小妹妹一起手牽手跳排舞。我看到她的時候，叔叔嚇死了，我一直喊“有鬼啊！有鬼啊！”…」

晶晶此時抬頭看著田野。

「當時，我因為無知，挨了爸爸一頓揍，我也傷害到那個小妹妹，我好後悔，好難過。因為，沒有人願意被稱為鬼。況且，晶晶之後動了手術，就會好很多的。」

晉豪剛剛吃完午餐，正拿著碗要去洗，就看到林甄站在辦公室外，不發一語的看著辦公室內的一切…

「美女園長，妳怎麼不進去？」晉豪小聲的問著。

看著裡頭，田野跟晶晶的互動。

「唉唷…難怪晶晶一直戴口罩。其實，田野人真的很好，不是當初剛上山的樣子，當時還不習慣啊，現在妳看，好很多了，就不要再那麼嚴厲了，妳也挺在乎他的表現，對吧？」

見著林甄不答話，晉豪又說：

「大家這段時間好好相處，就進去講點鼓勵他的話吧。」

「不了…因為我是鬼。」

晉豪一臉疑惑的看著林甄轉身離去。

放學時間過後，田野終於鼓起勇氣，主動跟正埋首電腦前的林甄說話。

「學校現在的狀況，方便告訴我嗎？」

「什麼狀況？不就是你現在看到的？」林甄正忙碌的打著電子公文，冷淡的回應。

的確，打從第一天來到現在，

除草機怎麼都修不好，只能拔著永遠拔不完的草，

PU 跑道只剩下幾個塑膠顆粒在上面，止滑已經變成絕對會滑，大象溜滑梯的大象，看起來一點都不親切，還很恐怖。

其他的設備跟教具，就別提那懷舊風了…

「不能跟隔壁國小部談一談嗎？」

林甄抬頭看著他。

「我是指…他們總會有二手的教具，或是中古器材…」

「你不懂，不要隨便提供意見。」

「我哪裡不懂了？總得要給我個說法吧？」

林甄起身。

「你知道我們在這裡遇到的困難嗎？非營利本身非公不私，資源無法任意申請，村內多次向地方政府反映設立公立幼兒園，但是，隨著人口減少，也只能看著山下資源暗自羨慕。」

「人力取得不易，廚房阿姨還得負責我們宿舍的伙食，其他的教師，就你看到的，來的都不到半年，拿不到公帑福利，多半撐不下去，還得負責校內事務，一人當兩人用。」

「再來，國小部…哼，那個校長連我跟村長都不敢招惹，村長是 25 年老村長，當的是鞠躬盡瘁，無怨無悔，校長是 8 年老校長，當得是滿腦腸肥，握盡資源，信不信？今年若是立法通過，他還可以再肥 4 年。」

林甄走到田野面前，口沫橫飛的說著目前遇到的困難，一個身高才 155 的女魔頭，說起這事的憤慨模樣，那股認真，倒是挺讓他激賞的。

「不如，我去跟國小部校長談談。」

「談談？怎麼談？用你“馬塞爾老師”的唬爛功夫？」

「如果妳稱這個叫唬爛，是的，我去跟他唬爛看看。」

「人家可不是幼兒園的孩子，那麼好唬弄。」

「我們的孩子，是聰明的，不是好唬弄。」田野回道。

林甄挑眉。

「我對孩子們說的，是正向，是成功。」

「好好好，你去試試看吧。」林甄現在才沒那功夫聽他那一套，轉身回去辦事。

「還有，關於晶晶的事。」

林甄回頭。

「她什麼時候動手術？」

第三篇　使命

清晨，宿舍外，晉豪正在整理自己的小發財車，準備下山採買物資。

「那個…晉豪哥啊。」田野剛醒，帶著迷濛的睡意跟精神走到門口。

「幹麼？還目送我離開。」

「不是啦，那個…你是要去山下，是嗎？」

看著田野支支吾吾的，晉豪直接開門見山的問：「要幹麼？」

田野拿起口袋裡的信，交給晉豪。

「如果能看到我爸最好，如果沒有…把信拿給桃姨也可以，就說，我們在山上都很好。」

晉豪把信收下。

「你應該…會去看你媽吧？」

晉豪點頭。

「可以順便去看看我媽嗎？跟他報個平安。」

廖姨的安息地，跟田野的母親是同一座，起初的巧合，也成為現在的剛好。

「你勒？園長把你安排跟村長一起去國小部那邊，是要做什麼？」

「談“理想”。」

見著晉豪大手舉起，又要揮過來，田野瞬間清醒，趕忙解釋。

「沒有啦，就物資的事情…」

「講話都不清不楚，很想揍你！」

「你也不要那麼兇嘛。」

「都已經在社會勞動了，怎麼還是沒醒過來？」

「醒過來什麼？」

晉豪沒好氣的說：

「我媽之前常跟我說：不怕路長，就怕志短。還在想著以前的豐功偉業？怎麼就不想想現在要做什麼？」

「我現在，比較想知道我爸在哪。」

氣氛瞬間沉默，晉豪搓了搓鼻子。

「你爸不見你，一定有他的理由，但我相信，是為了你好。」

田野到現在還無法消化這個說詞。

「什麼叫做為我好？我也想好好跟他說話，出門走走……起碼，一起看新聞，罵罵幾個政治人物，就像世間所有的父子，可是，他從來沒有把我當回事…反正，我已經不想再抱怨了。」

晉豪看著田野閃爍的眼神，越看越不懂。

「你…真的不知道我爸在哪？」

「我怎麼知道囉？」晉豪沒好氣的繼續回頭做事。

「都說我是你弟了，你不能騙我喔。」

晉豪的手停下。

「我也想知道你爸在哪裡。之前是非不分的把你誤會了一頓，還對他老人家不禮貌，我一直想好好的，正式的跟他說聲對不起，還有謝謝…」

田野只是看著他的背影，殊不知晉豪早已紅了眼眶。

「我媽一走，很多事情真的不知道怎麼處理，你爸不計前嫌的幫了我很多。還有，你的官司，他真的做了不少，想盡辦法的把你救出來。」

田野也知道，只是，從看守所的會面之後，他再也沒見過自己的父親，就連父親最放不下的阿旺，也不知道他的下落。

太多疑問，太多感覺，如此麻亂的心境，想到就會惶惶不安。

「我準備上車了，你再去睡會兒吧。」

看著晉豪離去，田野也只能走回宿舍，心煩的度過這一清早。

大夥兵分三路的進行著各自的盤算，晉豪下山採購，順道前往納骨塔跟母親和田野的媽報平安。

田野跟著村長前往國小部，尋求物資上的支援。

「真沒想到，林甄竟然會答應你跟我過來。」走在石階上，村長忍不住笑了。

可田野看得出，村長的笑容帶點無奈。

「以前都是園長來處理的嗎？」他試問。

「林甄已經有好幾年，沒跟國小部有往來了。」

田野跟村長停在台階上，這話裡似乎有故事。

「林甄當年回鄉，接下幼兒園的園長職務。她前途一片看好，縣政府的教育局有意要栽培，這可讓吳校長有了機會想拉攏她…可惜啊，也可以說是好險。」

「村長，別走啊，後來呢？」田野趕忙拉住他。

「你可得說清楚點，我等等見他，心裡才有個底。」

「林甄那脾氣，這段時間，你也知道了吧？」

田野點頭，他可是深刻體會。

「林甄是個做事認真的孩子，可就那脾氣，在我們這裡可是大忌。當年，換了個局長，到村裡來巡視，就在那邊。」

村長指著司令台的方向。

「新任長官致詞呢，林甄就突然衝出來舉白布條陳情，也不管東道主就是吳校長，那時候我在，這幾個村子的村長，跟教育局的人都在，林甄此舉，黑掉了。」

田野光想到林甄在台下吼著長官，吳校長攔阻不力的畫面，忍不住打了個哆嗦。

「她…她是陳情什麼？」

「陽光山林幼兒園，可能會被縣政府整併的事情。」

「整併，也好啊…讓村裡多些教育資源有什麼不好？」

村長回頭看著他，一臉的無奈。

「你知道的東西太少了…於公於私，陽光山林幼兒園不能被整併。」

田野就這樣默默的跟著村長進入了校內，回想起這段時間，林甄告訴他的一些蛛絲馬跡，這個吳校長絕非什麼善類。

「陳主任你好。」

走進了教職員辦公室，村長又變回昔日的親切。

陳主任親切的跟村長握手，直接略過田野，他知趣的把手放下，跟在兩人身後。

「校長正在忙，叫我帶著你們前去儲藏室。」

「吳校長日理萬機，能讓陳主任前來接待，已經是給我們天大的面子了，哈哈…」

「哈哈，過譽了。」

看著眼前兩人打著客套的迂迴，田野除了聽，也見著操場一直有著體育練習跟舞蹈排練。

「看來，全國運動會，吳校長用心良苦啊。」村長同樣也把視線轉往操場。

陳主任忍不住嘆口氣。

「我們這裡一直缺乏室內練習的場地，要是有土地給我們運用，到時別說校內活動，村裡面也會有個像樣的的集會所，圖書館…甚至連公幼都會有著落。」

說到最後，陳主任還特別看了田野一眼。

「陳主任也是辛苦，學校不能沒有你啊。」村長趕緊轉移話題。

等到三人走到了儲藏室前，陳主任藉故說還有事，先行離開，留下一串鑰匙，以及兩人。

「離開時，把鑰匙放在警衛室就好。」

「謝謝陳主任，慢走。」

田野也禮貌的向他招呼，直到村長把手放下，跟方才的恭維相比，則是鬆了一口氣。

兩人開了儲藏室的門，一股潮濕又帶著霉味的空氣迅速竄出，田野忍不住打了好幾個噴嚏。

「戴著吧。」村長從口袋裡拿出兩個口罩，兩人分別戴上。

「看來今天有得忙了。」田野小聲說著。

***

林甄匆忙的走進辦公室內，看著正坐在位置上，滑著手機的一名年輕女性。

女子有著漂亮的妝容，一頭染得亞麻色的及肩柔順長髮，時髦的打扮，噴著濃厚的香水，顯得風塵味十足。

「晶晶的媽媽，妳好。」

女子虛應的點頭，又把注意力放回手機上，似是在跟人傳訊。

「要喝點什麼嗎？水？」

「不用了。」晶晶的母親看了林甄一眼。

「我聽我媽說，你們在找我，有事？」

「是這樣子的。」林甄坐在位置上，婉轉的說著。

「上個學期有跟媽咪討論過，希望讓晶晶去做修復手術的事情，不知道媽咪考慮的如何？」

女子仍舊把重點放在手機上，林甄的臉垮了一下，隨即又揚起親切的面容。

「喔…沒錢。」

林甄的心裡，可謂地球成型前的大爆炸，上學期她也是這樣說。

沒錢？身上的行頭是怎麼回事？林甄雖然沒有跟隨潮流的習慣，可看新聞也知道，她手上拿著的是最新推出的手機。

那頭髮染得跟顆樹似的…香水噴那麼濃，外頭的蜜蜂搞不好都伺機而動了。

這是什麼媽媽？晶晶真的是妳親生的嗎？

林甄的心底瘋狂咒罵，臉上還是那付親切的表情。

「晶晶現在還小，現在進行修復手術，是最好的時候…」

「就說了沒錢嘛！」晶晶的母親不耐煩的回答。

「她外婆不是有帶去醫院治療嗎？妳問她外婆就好了啊，還要勞師動眾的叫我回來幹麼？」

「妳是晶晶的媽媽，外婆有時也無法做主，決定權還是在您身上的。」

女子一臉的不耐煩，她直接撂下一句話後走人。

「她外婆決定就好了。」

「晶晶媽咪！」林甄直接起身叫住她。

女子回頭，不悅的看著她。

「難得回來，不去見見她？」

林甄看似尋常的問題，讓晶晶的母親瞬間垮了張臉，看著不遠處的教室，她知道自己的女兒正在教室上課，戴著白色的小口罩，上頭還有小兔子的圖案，有粉有藍，那是晶晶最喜歡的圖案。

這幾年的幼教經驗，林甄看穿很多父母的思維，有光明也有陰暗，有無私也有懶散，相輔相成的並存著。

看她紅著眼眶卻又極力克制感情的模樣…看來真如外婆所言，很多現實，晶晶的母親還不知怎麼處理。

看不開，也不敢面對。

「不用了。」

林甄從容的走出辦公室，望向奔出校門的女子背影，突然失笑。她怎麼會聽信田野那外行人的話，早已知曉的答案又再上演一次，真以為自己在演春風化雨[1]？

---

[1] 《春風化雨》（英語：Dead Poets Society）是 1989 年彼得．威爾導

可另一個自己，林甄真的希望自己能有三頭六臂，去照顧幼兒園內每一個孩子，她摸著自己的上唇，不停想著如何幫助晶晶往後的在學生活。

「甄甄老師？我哥哥呢？」

田旺四處找不到哥哥的身影，有點驚慌的看著林甄。

「你哥哥去幫村長阿伯做事了，晚點回來。」

「可是…」田旺害怕的回頭，就看到從教室追出來的趙威信和涂子役。

「喂，dri-dri[2]，你那通緝犯的哥哥勒？肯定下山了，不要你了啦！」

阿旺由於體型龐大，擋住嬌小的林甄，以致她能聽完孩子們口無遮攔的話語。當她從阿旺身後站出來，把趙威信跟涂子役都嚇一大跳。

「你們兩個，跟我進辦公室一趟。」

***

晉豪把車開進幼兒園之前，在路旁調適著心情。

演的電影。本片講述一間傳統學校的老師用反傳統的方法來教學生們詩歌、文學、生活的故事。電影不僅是主演羅賓．威廉斯的經典之作，同時也是一部講述師生關係的優秀電影。

[2] dridri，排灣族語，豬之意，音同弟弟。

他知道，田野一定會追著他問起田父跟桃姨的狀況，可偏偏事實是他不能說的。

應該是，他現在不能說。

要不是在納骨塔撞見桃姨推著輪椅，上頭坐著的正是田父，恐怕連他都會被瞞在鼓裡。

田野從事易服勞動才三個月，田父就已經進入了第三期，晉豪一向直爽，雖然已答應兩老不說，可心裡像是壓了顆大石，使他沉重無法呼吸。

「老大，你回來啦！」剛下班步出校門口的老師見狀，熱情的打了招呼。

「老大你氣色不大好？身體不舒服嗎？」

「沒事……可能吃太多了，想廁所。」晉豪隨口扯了謊。

「那我幫你開門，等等。」老師趕忙走進小門內，順手把大門的樞紐鬆開，讓晉豪直接驅車駛入。

晉豪將車停在門口，忐忑的下貨著，深怕田野會突然衝出來問他。

「豪哥……」田野從園內的倉庫跑出來。

「啊……你爸跟桃姨都很好，我現在很忙。」晉豪瞬間慌了手腳，差點把菜籃給掀了。

「那等你下完貨，過來幫我們一下。」

晉豪這才聽出，田野問的不是這個。

「幫什麼？」

晉豪回頭，只見田野帶著口罩，全身灰溜溜的，疲累卻帶著成就感的微笑。

「擦鼓。」

等到晉豪走到倉庫，看著一群人分工的清洗，擦乾跟消毒。

阿旺開心的說著今天發生的事情，包含一直欺負他的威信及子役被園長帶去談話，還有田野跟村長帶回眼前的東西。

「你說，帶回這些鼓是要做什麼？」林甄一邊沖著森巴鼓一邊問著。

「我打算教孩子們打鼓。」田野自信滿滿的表示。

「以前我念大學的時候，有認識幾個打擊樂隊的，他們打的森巴鼓真是震撼，自己也學了一些。」

「我們園內才 12 個小朋友，你搬回來 20 個鼓，陳主任沒說什麼嗎？」

老村長尷尬的笑了。

「陳主任拿鑰匙給我們後，就再也沒出現過了。」

「所以他們也不知道拿多少？」林甄眼珠子差點沒掉出來。

「不行不行，明天拿 10 個去還，這太誇張，我們跟國小部沒什麼交情……」

「沒事的，都積在倉庫長灰塵了，他們搞不好也很開心，倉庫終於清了一些。」田野趕緊安撫著。

看著林甄侷促不安的想事情，原本握住水管的手 下意識的摸著上唇。

「不用擔心啦！吳校長如果敢說什麼，我還可以跟他講，不管如何，也得看我這個 25 年老村長的面子。」

「說到這個。」田野像是想起什麼似的。

「幼兒園創立那年，村長也才剛上任對吧？」

說到這個，老村長可來勁了，倒是林甄更加緊繃的看著兩人。

「嘿啊，那一年陽光山林幼兒園剛成立，李登輝還來參觀呢。」

「那麼大排場？」田野倒是提起興趣。

「當年一些老照片，園長辦公室牆上還掛著，有空你可以去參觀看看。」

「好啊…」

「趕快抓緊時間，都幾點了，鼓還沒洗完，你們不餓我都餓了！」林甄趕緊打斷話題。

田野只好結束這個話題，他看著擦拭鼓身的晉豪，忍不住小聲問著。

「豪哥，你有看到我爸跟桃姨嗎？」

這一問，晉豪開始緊張起來，連同林甄也是。

「…有的，那個…都很好。」晉豪說完，繼續低頭做事。

「信給了嗎？」

「嗯。」

看著晉豪突然變得省話，田野直覺有異。

「到底有沒有見到他們？」

「有…沒有…」

「老大，到底有沒有看到我爸？我好想他喔…」阿旺也忍不住問了，整張臉委屈巴巴的。

「你是不是有事瞞著我？」田野停下手邊的工作。

「沒有啦，怎樣會呢？」晉豪只覺得惱羞，不耐煩的吼著他。

只見田野起身，直接往辦公室方向走去。林甄見狀，趕緊追上。

「田野，你要幹麼？」林甄雙手一開，嬌小的個頭攔著呼吸急促的他。

「打電話給我家人，讓開！」

「你現在是有通訊限制，哪來的手機可以打？」

田野直接單手撥開她。

「我用學校電話。」

「田野，不行…我沒答應讓你用電話。」林甄雙手抓著他的左手，就是不讓他進辦公室。

田野看著林甄的臉，那股亟欲壓下驚恐的表情。

「妳是不是也知道些什麼？」

不等林甄反應，田野直接反手握住她的雙手，直接進了辦公室。

林甄也知道阻止不了他，只能任憑田野拿起電話撥打，焦急的在一旁等著。

「桃姨，是我…我知道，晉豪今天有沒有去找妳？嗯…爸呢？還在修行不在家？很好…」

這一聽就知道，晉豪拙劣的謊言已破，林甄看著田野壓抑不了的怒火，擔心他後來的反應。

「桃姨，我求你了…我爸到底發生了什麼事…」田野緊握著話筒失聲痛哭。

其他人此時也跑了進來，晉豪原本想搶下話筒，卻被林甄擋住。

「來不及了…」林甄右手摸著上唇，等著田野知道真相的瞬間…

田野靠在林甄的辦公桌旁，面對著牆上的老照片，背對著所有人的目光，他沉默的聽著話筒內的言語，呼吸起伏著。

忽然，他拿起了牆上某一框，放在自己的眼前，那是老村長所言，25年前，時任總統的李登輝先生，光臨陽光山林幼兒園的照片。

年輕的村長，身著傳統的部落服飾，跟在總統及隨扈的身旁，專注的聽著田父介紹陽光山林幼兒園的設施。

淚無聲息的滴在相框上，他轉身，話筒平靜的落下。田野低頭，對上的是電腦旁的相框。

父親抱著一個小女孩，正是小時候的林甄，但那稚嫩青澀的面容，田野永遠無法忘記。

林甄，就是當年，把他嚇到邊哭邊喊有鬼的唇顎裂女孩。

田野把東西都放下，抬頭望著所有人，失魂落魄的模樣，讓林甄忍不住摀起口鼻，眼光泛紅。

「田野，我可以跟你解釋，真的…」

田野無視林甄的話，他越過人群，往校門口走去。

「你要去哪裡？」晉豪連忙過去拉住他。

「我要下山…」

「你哪裡都不能去。」晉豪強硬的將他拉回，卻被田野硬生甩開。

「我要下山，就算把我關回看守所，我也要下山！」

老村長還搞不清楚狀況，直到林甄告訴他，田野是幼兒園創立者之子，他才恍然大悟。

「難怪很面熟…那個，田野！不要幹傻事。」

老村長也跑過去把田野攔下，阿旺無措的在原地不知如何是好，害怕的啜泣，林甄也只能安慰他，還不時望著校門口，看那三人的動靜。

「他病了為什麼不講？都第三期了，是要等到死才會通知我嗎？他到底是不是我爸？」

「他是你爸沒錯！會選擇不說，是因為你正在服社會勞動，他不想干擾你啊！」

「你放屁！他根本不把我當兒子，從以前到現在，有什麼事情，他都不會跟我商量的。」

「能不能站在你阿爸的立場想一下？他做的事情，你有贊同過嗎？」

晉豪解釋的同時，自己的心頭也震盪著，他想起過往，母親做的任何事，身為孩子，也是意見特別多，都覺得母親是錯的。

包含認了田野為乾兒子的這件事。

田野直搖頭，拼了命的要往外走，村長跟晉豪死命的擋住他，正當兩方僵持不下之時…

「哥，我好害怕，啊！」阿旺的哭喊，把田野帶回了理智。

田野回頭，只見林甄安撫著哭得不成模樣的阿旺，她看著他回頭的身影，激動的說著：

「這個世界，不是只有你一個人需要關愛。阿旺是為了你跟義父而努力生活，他也需要你的照顧，才能適性的發展，而不是像現在這樣哭著。」

林甄紅了眼眶。

「每個人都有困難，你在看守所內的時候，所有人都在幫你想辦法，你的律師還帶著義父上山，趕著幫你申請易服…那個時候就已經病了，他連你的後路都想好了。」

田野看著晉豪跟村長。

「我想去見我爸，拜託。」

「你要去，可以。不是現在。」林甄打斷了兩個男人的遲疑。

田野不解又憤恨的眼神瞪著她。

「我是欠妳的嗎？為什麼連這點通融都不行！」

「你怎麼不想想，義父為什麼就近的不選，而讓你來到這裡做易服？」

林甄望進田野的雙眼。

「只有你，才能挽救陽光山林幼兒園。」

第四篇　轉機

這一晚，田野縱使疲累，卻無法入睡。

他想起今晚，林甄跟他說的許多事。父親創校的初衷，昔日的熱忱與真切；對照如今，法人團體計劃性的撤資，林甄為了救幼兒園，已經背負了七十萬的債務，還有吳校長一直覬覦這片土地的野心。

田野很清楚，若是父親直接開口要求，自己肯定不會答應。這是條困難的路，按照他以往的個性，幼兒園肯定會想辦法結束掉，轉手他人經營或是變賣。

他從來不是一個賦予大愛的人，對於父親的善舉，他不解，也無法體會，父子之間的代溝與歧見，隨著年齡增長而越演越烈，爭執宛如家常便飯，一碰面就上演。

看著田旺熟睡的表情，這可好不容易才安撫他入睡，田野悄悄起身，想出門透口氣。

才剛開門，晉豪已經在外頭等著他了。

兩個男人，就這麼蹲在宿舍門口，喝著偷偷藏著的啤酒，抽著明令禁止的香煙。

「你要想想，下山之後你弟要怎麼辦？幼兒園要怎麼辦？」晉豪正在跟他分析利弊，順便也勸他別輕舉妄動。

田野只是看著遠處，聽著山谷間流淌的溪水潺潺。

「我知道這是巨大的任務…呃…艱難的任務，我一定會幫你，就看你怎麼做而已。」

「我想把幼兒園賣掉…」

「賣…」晉豪趕緊壓下激增的嗓門，他望著四周，不忘還拍了一下田野的肩頭。

「我還沒講完，你不要那麼激動。」田野沒好氣的白了晉豪一眼。

「這是我爸的心血，我不能這麼做。只是，幼兒園欸，同樣是學生，這跟我以前在城市搞投資顧問是完全不同的東西。」

「怎麼不同？你以前當那個麼个小老師的時候，你底下的學生們個個把你當神，就差沒捻香往你面前跪了。」

「是“馬塞爾”老師…」

「是啊，都是老師啊。」晉豪才不管田野的更正。

「你還記得上回自我介紹的時候，你帶頭喊著愛陽光山林那一段？我看到林甄的眼睛都紅了。」

田野倒是好奇了。

「她紅什麼？」

「啊那不重要啦！重點是，你有感染力，在台上說話時的那種氣勢跟自信，妥的啦！」

田野蹙眉，看著晉豪胸有成竹的表情。

「你該不會…」

晉豪猛如搗蒜的點頭，感覺兩人似乎有了共識。

「鼓勵我從政吧？」

「從你媽的！是叫你去找金主來投資幼兒園啦！」

晉豪煞氣的眼神再現。

「不要忘記你是誰。你當初可以靠著三吋不爛之舌，開名車住豪宅，現在也可以救幼兒園。」

田野實在不敢面對晉豪的瞪目，準備起身，拿著啤酒準備回宿舍。

「啤酒不能帶進去。」一回頭，林甄的身影從陰暗處走出，差點沒把他嚇出聲。

「妳…在那裡多久了？天哪，這裡一定要申請個路燈。」田野緩下心神。

「等你找到可以接替的法人團體，就不用煩惱這個問題。」

林甄說完，撇頭看著田野背後，趕忙收拾殘局的晉豪。

「下次別讓我看見。這裡雖然簡陋，可規矩還是得遵守。」

「是…」

「妳剛剛都聽到了？」

田野這才發現林甄手中的木棒。

「是啊，宿舍的隔音一向不好，阿旺的打呼聲都可以在走廊迴盪了。」林甄一派輕鬆的回答。

「好險你沒再說要賣幼兒園的事情，不然這棍子我就替義父招呼下去了。」

「…妳真的覺得，我可以？」

「不是你，是義父覺得你可以。」

彼此對視了好一會兒，直到晉豪舉起手在中間晃了幾下，才讓兩人回神。

「…早上告訴我你的辦法，就這樣。」

林甄一溜煙的就回去了，也不管錯愕的站在原地的田野。

「她現在是…？」田野疑惑的看著晉豪。

晉豪倒是笑著繼續收拾東西，完全不管他的反應。

***

「我也不能作主啊。」晶晶的外婆坐在林甄面前，無奈的雙手一攤。

「妳說看醫生，找基金會詢問，我都有去做了。可是她媽媽就是不讓晶晶動手術啊。」

田野才剛走進校內，就聽見晶晶的外婆在跟林甄對談。

「阿姨，沒有別的辦法讓惠恩點頭嗎？」林甄像是跟鄰居的長輩說話般，少了平常專業的口吻。

外婆雙手交叉及胸，翹起了二郎腿，外加搖了搖頭。

「她跟那個男人之間的問題沒解決，我這個外婆也沒辦法管…晶晶也是我孫女餒，看她這樣，我也會難過。」

林甄趕緊抽了幾張面紙給她。

「我這個媽媽喔，不會教小孩，讓惠恩去給人家做小老婆。生下晶晶，人家看到她臉上有問題，根本不願意認。我可以照顧晶晶，動手術什麼的，沒有問題啊…」

「惠恩還是不甘心，對吧？」林甄忍不住嘆口氣。

外婆擤著鼻涕。

「惠恩要對方出手術費，不然就會向媒體爆料，可對方也不是省油的燈，幾個律師文攻武嚇的。我只希望事情趕快落幕，可惠恩似乎想長期抗戰。」

「長期抗戰？連親生女兒的缺陷都不顧嗎？」林甄忍不住拍桌。

田野很想衝進去，對著晶晶的外婆說，手術費我出。

可現實是，沒錢。

他也只能靠在門外的牆，心裡感到挫折，無力。

忽地，田野想起了阿耀，或許可以向他請教，不過…

我為什麼要問他啊？全世界的律師都死了是嗎？

田野忍不住罵了聲粗話，直接經過辦公室不入。

「哥，哥！」阿旺衝出了教室，第一眼就看到了他。

「老師不在，阿信跟子役在打架！」

田野趕緊跑進教室，只見子役指著地上被摔壞的機器人大哭。

「反正你也不會玩，丟掉好了！」

阿信朝著他大吼後，直接拿起機器人，子役見狀，也不管自己有多狼狽，直接跟他互搶。

「好了，別搶了。」田野趕緊把玩具搶過來，放在背後。

「機器人會痛的。」

「你放屁！這只是玩具而已。」阿信不理會田野的話。

「田野老師，這是我的玩具。」子役哭得臉都漲紅了。

「你又不會玩，跟你說過多少次了還是不會玩，講不會聽欸！」

「我喜歡這個機器人！」

「你不適合啦！」

子役此時突然抓狂似的，衝去拉阿信的頭髮，兩個唯二的大班生，又是交情很好的朋友，就這麼扭打成一團。

「不要打架了。」田野迅速的把兩人拉開。

班上的老師才剛從廁所回來，見著此狀，趕緊先帶著子役離開教室，讓兩人冷靜。

「阿信，怎麼了。」田野蹲在他的面前，小心翼翼的問著。

「…走開啦！」阿信一臉不悅的別過頭，憋著想哭的情緒，眼眶泛紅。

「憋在心裏不會比較好，說出來會舒服一點…」

「干你屁事，你又不是老師。」他瞪著田野大叫。

以往，對於這種小孩，田野根本不會管他死活，說話那麼沒禮貌，一點家教都沒有。

可是，他想起了一些事，這讓他起了極大的耐性，把阿信方才無禮的話直接略過。

「阿信，你跟子役那麼好，怎麼會打架呢？一定有原因的。」

阿信心中的火氣未消，他看著旁邊圍觀的弟弟妹妹們，失控的朝他們大喊。

「看什麼？都去死啦！」

「趙威信，你剛剛說什麼…」廚房阿姨經過，看到教室裡的情況，直接衝進來質問。

田野趕緊阻止她的話。

「阿信，弟弟妹妹們不知道你發生什麼事，他們會看也是正常的。」

「田野老師，我晚點再跟你說。」廚房阿姨說完，臨走前，還看了阿信一眼，忍不住搖頭。

「阿信，我們去走一走。」田野想把阿信帶出教室，卻被他拒絕。

「那好，你想坐著，我陪你。」

「…走開啦！」

田野望著四周。

「好的，我走開，我到那裡。」

由於老師不在教室內，田野很擔心阿信會不會跑出教室，乾脆直接在門口找了張椅子坐下。

「小朋友們，我來念故事書囉。」

田野隨手拿了一本【我的鱷魚哥哥】，把其他小朋友的注意力轉往他身上，他把書本翻開，看到贈閱的公司印…

上元建設！

這是他父親的公司，昔日的。

田野的思緒，有了一點眉目。

下午，操場傳來了陣陣鼓聲。

「來，右左右右左右右，有聽清楚了嗎？」田野面對著小朋友說著。

可是，小朋友們面對著眼前新奇的“玩具”，全都沒把他的話聽進去，自顧自的打著。

田野只能將小朋友們分成3組，威信跟子役，因為上午的事情，被安排在不同的組別冷靜。看著子役垂頭喪氣的臉，只能安排他重要的工作，輔導組內其他的小朋友，一起練習，幫助他轉移注意力。

至於威信…

「阿信，老師在叫集合了，你在幹麼？」

突然通知下午要上森巴鼓的課程，廚房阿姨也趕過來幫忙，威信拒絕配合的在一旁玩著大象溜滑梯，這讓阿姨很無奈。

「阿信，阿姨知道你生氣的原因在哪裡。」阿姨走到他旁邊。

「子役已經在這裡多待了一年，他遲早會被他爸媽帶走，你要祝福人家。」

阿信還是不講話，阿姨有點急躁的拉住他的手。

「快點，集合了。」

「不要啦！」阿信用力掙脫著，跟阿姨形成了拉鋸。

晉豪從一旁看到情況，想要跑過去緩解，結果，看到阿信掙脫了阿姨的手，整個人卻失去平衡，往後頭摔下…

「小心啊！」

這麼一吼，所有人把視線移往溜滑梯那方，只見阿信毫髮無傷的躺在晉豪的右手腕上。

可孩子們口中的老大就沒那麼幸運了，他忍著痛楚的躺在地上，方才的情形太緊急，根本沒時間考慮到衝去接的後果。

老師們趕緊安撫小朋友的好奇，田野則是壓下擔憂的繼續教學，林甄剛從辦公室出來，就見到這一幕，連忙跑過去觀察，請慌張的廚房阿姨回辦公室拿醫藥箱。

阿信此時倒害怕的起身跑開，方才的執拗已不復見，只見一臉的驚恐。

所幸，晉豪只是扭傷，雖然右手包紮著，還是很開心的跟下課的小朋友說掰掰。

「老大…對不起。」阿信由廚房阿姨帶著，親自向晉豪道歉。

「沒事的，老大我還是很好啊。」晉豪蹲下，抱著一臉愧疚的阿信。

「老大，阿信這幾天心情不好，我會跟他的爺爺奶奶說，請他們好好管教這孩子。」

晉豪趕緊起身。

「不要不要…」

「一定要。不過，是我來說。」林甄走到他們身邊。

「園長啊，阿信也只是小孩子。」

「他可以生氣，可是，別人沒有義務去承擔他的怒火。」林甄阻止了晉豪的緩頰。

「阿信…」林甄蹲在他身邊。

「我知道你很捨不得子役，因為，沒有人生來就會面對分離…但老師希望你能祝福他。」

阿信紅了眼眶，低頭著不敢看任何人。

「阿姨，就麻煩妳帶他回家。」

兩人看著廚房阿姨牽著阿信的手離開學校。

「這樣對小朋友，會不會太嚴厲了？」晉豪忍不住咕噥。

「這是“有原則的教導”，請相信專業。」林甄淡定的回答。

「妳不讓田野下山，也是“有原則的教導”嗎？」

看著林甄垮了張臉瞪他，晉豪早就知道會有這反應。

「你這手…最近就別開車了。本來想找個名目，讓田野跟你一起下山，看來，只得我出馬了。」

「也好啊，你們一起，田爸也高興，搞不好直接就婚配了…」

「廖晉豪！」

林甄差點沒往他手上招呼過去，只見晉豪閃得遠遠的，根本不像是受傷的樣子。

***

另一邊，田野在教室裡整理著鼓帶，思緒卻放回上午見到的，阿信跟子役的爭執。

“反正你也不會玩，丟掉好了！”

“你又不會玩，跟你說過多少次了還是不會玩，講不會聽欸！”

“我喜歡這個機器人！”

“你不適合啦！”

看著平常跟在阿信身後的子役，突然失控跑去打他的模樣。田野想起多年前，當時的他已經大四準備畢業，阿耀還在大三，正準備參加城市小姐的瑞秋，跟阿耀是同學。

阿耀一直很喜歡她，一直都喜歡⋯

此時的田野，已經開始他的講師之路，平步青雲又志得意滿，還正忙著在外頭找房子，等到畢業就搬離令他感到沉悶的家。

他看著阿耀一直對瑞秋好，田野深知，瑞秋只是把他當工具人，忍不住常常唸叨阿耀。

「這個女人不適合你，你還在笨什麼？」

一日，田野看見阿耀電腦裡的報告，還是開口了。

「你報告上個月就做好了。這次是什麼？又一篇？你再怎麼認真，我也不會信這是你的東西。」

「那個⋯瑞秋她現在忙著選城市小姐，沒時間⋯」

「那是她的事！」田野氣炸了，怎麼就是有人講不聽。

「她在利用你知道嗎？」

田野直接搶過阿耀的筆電，準備刪除資料，平時溫文的阿耀卻罕見的抓住他的手，如此強硬的態度，讓田野瞠目結舌。

「學長⋯你就別管我的事情。」

田野只能鬆手，看著阿耀把筆電拿回桌上，小心翼翼的檢查報告內容有沒有出錯。

「我真的會被你氣死…我告訴你林主耀，我就去追瑞秋給你看，信不信，她肯定會當我女朋友。」

阿耀側頭看著他，一副不可置信卻憤怒的模樣。

之後，田野真的去追求瑞秋，如他所言，他真的追求到她。但人是盲目的，原本只是做給阿耀看，卻不敵自己的心防。

而溫柔似一把刀，深入心脾，卻刀刀要人性命。

田野忘記了當時的目的，阿耀卻始終把瑞秋放在心底。不敵時間，不敵考驗，瘡疤隨時會被揭開。

他忍不住捫心自問，自己有什麼資格去怨恨阿耀？就算今天沒發生事情，跟瑞秋之間的關係，也只建立在虛榮與金錢之上，從阿旺的事情就知道，這段感情也差不多到了盡頭。

「我以為你回宿舍了。」林甄走進教室內，打斷了田野的思緒。

「我只是在整理鼓帶。」田野拆下一個個的鼓帶。

「放在倉庫裡久了，雖然昨晚清洗過，可是…想換新的。」

林甄拿了張幼兒椅坐在田野身旁，兩人一起研究著。

「我問問看村裡有沒有人願意幫忙，編織屬於我們風格的鼓帶。」

田野側頭看著林甄專注的神情，其實，這個女魔頭平時雖然兇悍且跋扈，可她為了幼兒園，為了孩子們，真的是盡心盡力。

「以前的事，真的對不起。」田野說著。

林甄一時半刻還搞不清楚狀況，就這麼把鼓帶放下看著他。

晚霞從教室外照應在兩人身上，看似緋紅的臉頰般，讓人分不清是真是假。

「小時候，我不懂事，說了那麼過份的話。」

林甄隨即回神，刻意迴避他的注視。

「過去了，沒事了。」

看似輕鬆的回答，林甄還是忍不住用大拇指摸著上唇，然後揚起微笑回答。

「我去聯絡一下村長，請他幫忙問一下。還有…晉豪不知道何時復原，所以，這禮拜六我開車，我們帶著阿旺，一起下山看爸爸。」

田野開心的笑著。

「謝謝妳。」

林甄起身，往門口走去。

「妳臉紅的時候，真的很漂亮。」

才到了門口，田野突然說出這句話，林甄停頓了一下，根本不敢回頭，只能繼續向前走。

到了晚上，晉豪坐在宿舍的餐廳裡，喝著村長帶來的汽水，廚房阿姨特地為了他加菜，全部人只有他有一個大雞腿。

可所有人的重點，都不是在那隻雞腿上面。

另一桌，田野專心的跟村長討論孩子們學習森巴鼓後的心得，以及之後的發展。看著林甄笑臉盈盈的坐在田野身旁，突然從主事的她成了配角，所有人看似在吃著飯，耳朵，眼睛跟嘴巴都沒閒過。

「園長怎麼突然變了一個人…？」一個老師忍不住小聲的問著。

「不要問，妳會怕。」晉豪倒是明眼的看清楚一切。只是，一切未明朗前，不好說。

「那就先把雞腿吃了，這可是阿信他奶奶要我拿來給你加菜的。」廚房阿姨特別提醒他。

「阿信應該沒被揍吧？」晉豪還是很擔心那孩子。

「我送阿信回到家前，園長就已經打電話給他奶奶了。沒事的，已經處理好了，頂多被唸一下。」阿姨說。

「那就好。」

「如果你拿湯匙不方便，我可以餵你。」阿姨若有所指的說著。

晉豪看著碗裡的雞腿，再看著阿姨，對於突如其來的話，有點錯愕。

「呃…阿姨啊…」

「我叫美英，我年紀還小你一歲，不要叫我阿姨。」

美英沒好氣的走回廚房，阿旺吃著飯，還不明究理的問著：「老大，阿姨怎麼會生氣？」

另一旁的老師學著晉豪的話，回道：「不要問，你會怕。」

村長拿起手機，滑了幾個頁面後，給兩人看著。

「森巴鼓活動召集令…村長，我們只剩下三個月的時間，孩子們應該是沒辦法。」林甄說出她的擔憂。

「我覺得可以，參與是很重要的過程。看內容，這只是遊行，沒問題的。」田野倒是樂見其成。

「我也覺得可以，剛好三個月後是全國運動會，森巴鼓遊行也只是縣府舉辦的其中一個活動。或許，我們可以跟隔壁國小部合作…」

「那就算了。」村長還沒說完，林甄的臉瞬間垮下來。

兩個男人互看了一眼。

「林甄，我能明白妳的顧慮，只是長久下來，我們還是得把關係慢慢修補…」田野試著說明。

「然後呢？又要談整併嗎？」

「村長只是說談合作。」

「你什麼都不知道。」林甄提起這件事情就來氣，講起話來也毫不客氣。

「你有被穿小鞋嗎？你有被冷嘲熱諷過嗎？他們成天只想搞整併，你知道陽光山林幼兒園對義父有多重要嗎？」

畫風突然改變，所有人的目光都往他們身上望去。

「呃…甄甄啊，跟田野無關，是我說了不該說的，抱歉啊。」村長連忙緩頰。

「等等…」田野止住村長的話。

「我知道妳曾經面臨的困難跟委屈，但是，幼兒園要繼續下去，必需得要多方結盟。」

「誰都可以結盟，就是不能跟吳校長那隻豬！」

林甄就這麼起身回房，田野還在消化方才的情境，到底有多深仇大恨，讓女魔頭再度復活了。

「唉，真是…」村長懊惱的抓著頭。

「沒事的，村長。」田野安撫著他。

「村長…是主動提議要結盟，還是吳校長的意思？」

「吳校長的意思。」

田野才剛逐開笑顏，心想，終於可以好好談談。

村長下一番話卻讓他陷入無語。

「他說，你們拿了他的鼓，起碼也表示一下，不然…把鼓還回去。」

「有這道理？讓人拿，還可以要回去的？村長，你就這樣過來幫他傳話？」晉豪在一旁聽著也垮下一張臉。

「我也不是這個意思…是他們今天下午報警，說幼兒園打鼓的聲音，吵到他們不能教學。警察是知道情況的，他們不想捲入糾紛，就來跟我說，希望我能調停。」

田野總算明白林甄的火氣何在，他深吸一口氣。

「村長，我明天親自去見吳校長，不知他是否方便？」

「我可以陪你去。」

「村長，這趟你不需要陪同，只要幫我問問，吳校長明天是否有空。」

「那我明天陪你…」晉豪起身。

「你更不行去。」田野乾脆的拒絕。

「村長，麻煩你。陽光山林幼兒園創始人之子，要親自前往校內拜訪。」

村長看到田野眼中的決心，如釋重負的點頭。

***

一早，林甄氣呼呼的在辦公室內發起牢騷。

「問都沒問我就去了國小部那邊，他是找死嗎？」

「我看他胸有成竹的樣子，應該是沒事的。」晉豪就這麼被她唸了快半小時，也只能陪笑安慰著。

「胸有成竹？我看是凶多吉少吧！吳校長可是笑面老狐狸。」

「是笑面虎。」

「虎？他沒那氣度。」

恨恨地說完，林甄還是忍不住擔心的來回踱步，下意識的摸起上唇。

「妳挖鼻孔喔？」晉豪一直想問這個問題，終於讓他逮到機會了。

「你才挖鼻孔嘞，出去！」

看著晉豪壞笑的步出辦公室，林甄才不管他的沒大沒小，整個心思罕見的煩著田野在國小部的情況。

她頹喪的坐回位置，看著窗外正在互動的師生們。

「奇怪…你們是都不會擔心他喔？」

把椅子一轉，林甄看著牆上掛的鏡子，一張素顏跟微亂的馬尾，就這麼在眼前。原本只是單純的撥弄，到最後，林甄整個人開始弄起頭髮來。

而在另一邊，田野正坐在校長室，上次負責接待的陳主任，這次全然換了個態度，親自奉上茶水，好不熱情！

「田先生，上次把你給冷落了，可別介意。」

「沒事的。當時，各有各的立場，也沒放在心上。」

「那您請坐，校長目前在忙，等等就回來。」

看著陳主任離開校長室，田野坐在位置上，想著待會要跟吳校長好好對談的內容。

想著想著，半個小時過去了，一個小時，兩個小時…

田野已在校長室轉了多圈，看著櫃子裡一座座的獎牌跟獎盃，牆上的獎狀跟獎章，還有幾張吳校長跟賽事冠軍的孩子們合影的照片…

吳校長，這是在熬鷹啊。

田野不禁冷笑，這樣的場景，跟著前任老闆搞直銷的初期，他也是常常遇到的。心急吃不了熱饅頭，況且，這饅頭擺明就是不讓你熱！

他走出校長室，前往教職員辦公室找著陳主任的身影。

「陳主任，請幫我轉告吳校長，我明日再過來拜訪。」田野依舊謙和的說著。

陳主任故作吃驚的樣子，很假。

「哎呀，真是抱歉，我們校長真是太忙了，招待不周請見諒。」

田野甩了甩手，一副無所謂的樣子。

「陳主任辛苦了。」

就在田野步出校門的路上，吳校長從三樓走廊上看清楚了一切。

「校長，人走了…」陳主任跑到三樓去交差，這一路可喘的。

「兩個小時…還真能等。」

吳校長不屑的看著他離去的背影。

「那身子骨，跟他爸還挺像。」

「他說，明天還會來…」

「你喘完了沒有？聽你講話都快斷氣了。」

吳校長鄙視的說著。

「明天？就看他明天會不會來吧！」

田野走回幼兒園內，看著林甄急切的跑到他面前，趕緊陪不是。

「我只是想跟吳校長好好談談，沒別的意思…咦？」

田野像是發現什麼似的，一直往林甄臉上瞧。

「你繼續說，我在聽。」

「妳是不是戴假髮…」

他邊問邊拉著她的髮梢，痛得林甄叫了一聲。

「什麼假髮？痛啊！」

她直接一掌往田野身上招呼過去，剛剛花了半小時整理的髮型，竟然被他懷疑是假髮！

「妳平常不是這樣子啊。」

林甄本想多說什麼，可現在重點不是在此。

「你…你去國小部那邊為什麼不講？」

「昨天話都沒談完，妳就生氣就回房了，誰敢跟妳說啊？」

「吳校長有沒有拿話敲打你？他有沒有跟你提整併的事情？」

「沒有。」

「那他有跟你要求什麼嗎？你沒被刁難吧？」

「沒有。」

「那他有跟你說什麼？」

「什麼都沒說，他讓我等了兩個小時，人都沒出現。」

林甄的臉瞬間魔化，山風吹起，田野都能感覺她飛揚的髮梢是一條條的毒蛇。

「沒關係的，我有我的步調跟計畫。」

「我先把話說在前頭，幼兒園可是義父的心血，你要是敢退讓，別怪我…」

林甄舉起拳頭在他面前飛舞。

「知道了。」

田野看見正經過辦公室的晉豪。

「豪哥，有事找你。」

林甄看著田野三步併兩步的跑到晉豪身邊，兩個男人竊竊私語的，到底在幹麼？

一邊想著，一邊還摸著自己的髮尾。

「真的像假髮嗎？」

隔天，同一時間，田野還是去了。

「陳主任，再一次麻煩你，真不好意思。」

田野這次不選校長室，而是在操場旁的花圃間。

「不會不會，校長等等就來。」

田野走到一樹前。

「好漂亮的山櫻花，現在才十二月中，怎麼那麼快就開花了。」

「這是寒櫻，現在開得還不夠，你過幾天來，包准你驚豔！」

陳主任像是開了話匣子似的，開始說起山上的的櫻花經。

「那寒櫻跟山櫻對比，一個是熱情奔放，一個是小巧羞怯。下山過節前，經過那片櫻花樹海，唉唷那美的啊，我都不想回家了。你看看…」

陳主任還直接拿起智慧型手機給田野看，只見一個中年男子拿起自拍棒，跟著滿山的櫻花樹合照的浪漫景象。

「櫻桃花下送君時，一寸春心逐折枝。別後相思最多處，千株萬片繞林垂。」

田野不禁念起了詩詞，這可亮了陳主任的眼。

「元稹的詩！沒想到你也樂於此道啊。」

「在下只是，略懂。」

「別客氣，我來這裡快五年了，第一次有人跟我一起在櫻花樹下賞花吟詩，真是太高興了。」

「陳主任平時忙著學務，也該放鬆一下，看看這山裡的一切。」

「我也想啊，可…」

「哎呀，田先生久等了。」吳校長從後頭走了出來。

兩人客套的打了聲招呼，田野原本要走到吳校長身邊，卻被陳主任拉住，示意在後頭跟著他。

「吳校長辛苦了，小朋友們都很努力準備全國運動會的賽事。」

三人走在操場上，看著孩子們四處練習。

「運動賽事一向都是我們的強項，全國運動會，本校已經設定目標，總獎牌 20 座。」

田野腦中計算著校內參賽的人數與比例，若不是吳校長誇下豪語，就是參賽的學生們個個都是身手矯健。

「本校一向都是奪牌的大熱門，此屆全國運動會又交由本縣主辦，身為地主隊，本身就得擔負起把總錦標留在本地的責任…」

忽地，吳校長轉身，田野機靈的停步，倒是陳主任差點撞上他。

「走開…回你辦公室忙！」吳校長不耐的叫開他，又對田野揚起微笑。

「那些鼓可是校內的資產，雖然我們送給了幼兒園，可畢竟，兩校之間也算是鄰居，彼此幫襯也不為過吧？」

「就等吳校長一句話。」

「那麼…」吳校長攬著田野的肩膀。

田野的重點，並不是在吳校長的話，而是他張望四周得到的訊息。

「我再給幼兒園一年的時間考慮。跟林甄說，我明白她的辛勞，可這麼硬撐獨幹也不是辦法，各有各的難，讓她好好休息吧。」

田野知趣的笑了，點頭。

「果然是個聰明人，你跟你爸，不同。」

「吳校長認識家父？」

「我還在教育局工作的時候，你爸爸親自來申請幼兒園立案。在當年，那可是創舉。」

吳校長把手放下，繼續往前走。

「很多人私下都說你爸是個笨蛋。山上，開個幼兒園，還不是私立的，弄個什麼愛心法人非營利幼兒園，是很轟動啊！李登輝都來看了，電視台也播了，報紙登得老大。」

田野在後頭繼續跟著，內心被吳校長的話激蕩著。

「我很佩服你爸的，可他是個笨蛋，一點也不聰明。」

田野忍住握在拳間的怒火，持續聽著。

「我是好心，看著林甄撐著這塊燙手山芋，可她也是笨蛋。我好意做球給她，她竟然給我搞陳情！一點面子都不留給我。」

吳校長回頭，臉色已從方才的和善變成卑陋。

「我跟縣長很熟，現任的教育局長是我學弟，要弄死林甄，我輕而易舉。」

田野跟吳校長對望了一會兒，兩人都笑了。

「你放心，我是一個學校的校長，剛剛也只是開玩笑而已。」

「我知道，吳校長真幽默。」

兩人繼續在校園裡逛著，方才的對話，彷彿從未發生。

傍晚，林甄剛巡完所有的教室，確保門窗是否緊閉，只見晉豪神神祕祕的拿起手機通話，接著往門口走去。

「廖晉豪，你在…」

「園長，妳在就太好了，來來來。」林甄就這麼不明究理的被牽著走。

幼兒園的門打開，一台小貨卡緩緩倒退在倉庫門口。

「到底要幹麼？」

還在想著是怎麼回事，只見晉豪把帆布緩緩掀開，林甄簡直不敢相信。

「園長，這是我以前的同事捐贈的，妳得親自簽收。」

「豪哥啊，你失蹤那麼久，怎麼…」車上的司機一下車就是一番問。

「小聲點，先把東西搬進倉庫。」

「這…搞得跟走私一樣，不過就是鼓嘛…」

雖然咕噥著，司機還是幫忙把鼓帶進倉庫內。

隔天早上，當吳校長看見二十個森巴鼓被村長載著，完整的退回校門口時，當下的怒氣是顯而易見的。

「我這…幹！」吳校長氣到拿起一個鼓往地上扔。

「校長，學生都在，別說粗話…」陳主任試圖安撫吳校長的情緒。

「趕快把鼓給我消失在這裡，最好別讓我見到！」

陳主任連滾帶爬的，跑回教職員辦公室找人幫忙。

「村長，你該不會也是他們那邊的吧？」吳校長氣得旁分都歪了，他瞪著村長。

「你們那些糾紛，我管不到，也干涉不了。」村長四兩撥千斤的回答。

「我警告你，你要是想連任…」

村長的臉色瞬間變得難看。

「吳錦州，是你在這裡比較久，還是我在這裡比較久？你這個平地人，講話前秤一秤斤兩。」

「我跟縣長很熟…」

「你跟縣長熟又怎麼樣？縣長的夫人的表哥的兒子還是我以前同學。要扯關係，大家都可以啊。」

「你…你…」

「…阿西阿西（真是白痴）。」

「你說什麼？回來！」

村長頭也不回的上車離開，留下原地崩潰的吳校長。

***

田野一邊站上梯子刷漆，一邊等著吳校長的大駕光臨。

可沒想到，從幼兒園門口走來的不是吳校長，而是陳主任。

「陳主任，這才中午，吃過飯了沒？」

田野趕緊安排陳主任往辦公室坐下，原本坐在電腦前忙著翻閱教育局公文的林甄，看到哭喪著臉的陳主任，以及向她使眼色的田野，趕緊換了個態度。

「陳主任，吃過了沒？我去幫你準備午餐。」

「陳主任，喝水…」

田野還沒說完，陳主任趕緊把水杯接了過去，就是一陣猛喝。

林甄從廚房端了碗米苔目跟紅豆麵包到陳主任眼前。

「陳主任，慢用。」

看著桌上的碗，陳主任一邊拿起來吃，一邊說著：

「你們中午就吃這個？怎麼會吃飽？」

林甄嘴角忍不住抽了一下。

「園內資源有限，大家都是吃一樣的。」田野說著。

「這樣…小朋友營養夠嗎？」

「還不是…」林甄才剛開口，田野趕緊接了話。

「孩子們吃的份量比我們多，陳主任若是不夠，我再幫你添一碗…」

「不用了。」

陳主任默默的吃完，正在啃著麵包。

晶晶此時又端著空碗走進來，坐在另一頭等著。林甄見狀，直接跟她要了碗，走出辦公室，盛了一份到她面前。

「這孩子真…」陳主任才剛露出慈愛的眼神，見到晶晶脫下口罩的那一刻，瞬間愣了幾秒。

「可愛。」言語間透露出憐惜的心情。

晶晶看著田野跟陳主任，一邊吃著一邊微笑。

「陳主任不知來園內，所為何事？」田野在一旁，小心翼翼的問著。

「我想離開了。」陳主任灰心的說。

「方便問…發生了什麼事嗎？」

「你們今早，不是請村長把學校的森巴鼓還回去嗎？」

田野點頭。

「吳校長氣得大罵，不但醜態盡出，他還…」

陳主任突然一張臉漲紅，委屈的流下眼淚。

「把我的櫻花樹踢壞了。」

田野一邊抽著面紙給陳主任，一邊示意林甄先把晶晶帶開。

「五年了，我在他面前像條狗似的，任他頤指氣使，老師們私下都說我沒用，我都知道…」

「陳主任，你別這麼說。哥，我叫你哥，我們也就不客套了。哥啊，你的辛苦，我相信大家都看得到。」

「他吳錦州根本不明白我的努力！」

陳主任嘩啦啦的把這五年的委屈，一股腦兒的全說了出來。

「哥，你真的太委屈了。」田野眼眶含淚，雙手緊握著陳主任的。

林甄在一旁看著眼前的劇情，下巴都快合不攏了。

晉豪才剛收拾完外面的草地，正要進廚房吃飯，經過辦公室就見著眼前一幕。

「現…現在是什麼情形？」他忍不住喃喃自語。

「哥，相信我。終有一天，你一定會成功的。」田野變回昔日的馬塞爾老師。

「我實在是不想待在學校，他把我的念想給毀了，我什麼都不想要了。」

「成功向來是艱辛的，從哪裡跌倒，就從另一方再起。吳校長毀了你的櫻花樹，你可以再種起，那屬於希望的種子。」

透過窗戶，田野指著操場一處。

「希望從來不會被任何一方所熄滅，我們把希望，就在那裡，讓我們種下。」

「好。」陳主任點頭。

林甄直接從電腦網路上，搜尋到蔡幸娟的【祈禱】，辦公室裡響起悠揚的歌聲。

讓我們敲希望的鐘啊~

晉豪實在是聽不下去，搖了搖頭，直接走去廚房。

「笑仔，攏笑仔。（瘋子，都瘋子）」

一陣安撫過後，陳主任像是脫胎換骨似的，帶著滿滿的正能量，離開了幼兒園。

臨走前，陳主任還回頭看了田野一眼，握拳振臂一番。

「希望。」

待陳主任走遠，田野揚起笑容的將幼兒園的門關上…

「你真的要讓陳主任在這裡種櫻花樹？」林甄雙手叉腰質問著他。

「可以啊，有何不可？」

「你真的把我的 LINE 給他？」晉豪不可置信的問著。

「豪哥，我現在沒手機，你是知道的。」

「不是啊，這樣子…」

兩人在田野面前嘰哩呱啦的，他只能說：

「停－－日子長的很，後面還有很多事呢。我餓了，剛剛一直在跟陳主任說話…我的午飯呢？」

「給陳主任啦。」林甄回答。

田野愣了一下。

「呃…那下午的點心呢？現在也差不多時間了，總有吧？」

「就陳主任吃的紅豆麵包啊。」

田野還在想著廚房會不會有多的，晉豪像是知道他的想法似的，直接回：

「多的可能也被阿旺吃掉了，你又不是不知道他的胃口。」

田野這下可慌了，已餓得前胸貼後背的他，趕緊越過兩人跑進屋內搶食。

「原來麼个小老師發完功也會肚子餓。」晉豪揶揄著。

林甄則是無語的看著門口，擔心幼兒園跟國小部之後的發展。

第五篇　近親則怯

終於，這個禮拜，田家兄弟跟林甄，要下山探望久未見面的父親。

跟桃姨取得聯繫，知道了病房號碼，田旺的期待是有的，可對田野而言，一步步卻是忐忑。

一路上，田旺的暈車又發作了，正在後頭昏睡著。

這段時間以來，田旺瘦了不少，可他很開心，偶爾威信還會念他幾句，其他在幼兒園的日子，除了是班上的小幫手外，他還有甄甄姐姐，晉豪老大以及哥哥陪伴。

田野轉頭看著自己的弟弟，除了關愛，也多了份愧疚。

「看樣子，暈車藥對你而言，是有用的。」林甄一邊開車一邊說著。

可事實真是如此嗎？田野右手緊抓門上的扶手，看著林甄開車時的狠勁，又是下山路段，讓他差點沒叫出來。

「妳的開車技術比暈車藥有用。」

「開山路就是這樣，你習慣就好了。」

好不容易下了山，三人快步的走進院內，阿旺倒是直接走進病房，見著桃姨跟田父就是一陣撒嬌。

「阿旺，吃過了沒？你哥哥嘞？」桃姨正伺候著田父吃飯，見著病房門口沒人，趕緊問著。

「在外面啊。」

桃姨很想去看看外頭的狀況，正當她兩難之際…

「妳去看一下吧。」田父孱弱的說著。

「好啦，我去看看。阿旺，讓你爸好好吃飯。」

桃姨才剛走出門口，一拐彎，只見林甄在一旁安撫著失聲痛哭的田野，他的狀況無法直接進去見著父親。

「好久不見了，桃姨。」林甄也是雙眼泛紅。

桃姨深吸一口氣，跟林甄說：「妳先進去陪義父吃飯，我帶田野去買水果。」

林甄點頭，走進病房前，還擔心的看了田野一眼。

桃姨拉著田野的衣袖。

「來啦。」

兩人走在喧鬧的院內美食街，田野的心情已經平復很多，買完了水果，正走回病房的路上。

「你爸爸其實很想你，但他的身體狀況，實在沒辦法再上山了。從發現到現在，差不多半年的時間，他堅持不化療，也簽下了安寧醫療，就是等時間而已。」

「是我害的嗎…」田野喃喃自語著。

「不是的，在你的事情發生前，就已經檢查到了。」

「那他為什麼不告訴我？生病，易服，幼兒園，他為什麼都不說？」

桃姨看著田野，往常的這個時候，她可是想盡辦法的替田父找說詞，可如今…

「如果你真的要怪，就怪當初算命的話。」

田野不懂，這跟算命的有何關係。

「你本來叫家安，田家安。當初，你爸爸剛成為建設公司的董事長，你媽媽又剛生下你，可謂雙喜臨門。好景不長，之後，你跟你媽媽一直在生病…」

「你爸爸實在是沒辦法，除了醫院，還跑去廟裡求神問卜，認識了一個老師，說你爸爸的公司做了損陰德的事。」

「損什麼陰德？」田野問。

到此，桃姨不免嘆了口氣。

「做建設的，包工程，標建案，明裡暗來之事時常發生，那個老師，抓住你爸爸心裡的恐懼，把他拐得團團轉，不但要求他捐錢蓋廟，還說要把你寄給別人養，老婆要離婚才能保母子均安。」

「你爸一開始覺得很荒謬，根本不聽。直到你媽媽走了…他就變了。」

桃姨的話，說得簡單，在田野心中，卻是震撼。

「他捨不得你，又被老師的話影響，能做的他都做了。你叫田野，就是把父子親情野放，把你託給我照顧，做你的保姆…後來我跟你爸爸…其實，他還是想要給你一個家。」

「所以，他才會瘋狂的行善。」田野悠悠的從口中說著。

「行善本是良意，桃姨希望你不要以偏概全。我也跟你爸爸說過很多次，到底父子親情重要，可他怕失去你，就像當初失去你媽媽一樣。」

「桃姨，妳先進去吧。」到了病房門口，田野說。

「可你爸…」

「我緩一緩，就在這裡。」

桃姨點頭，接過他手中的水果，先走了進去。

田野無言的面對病房外的牆，心中千頭萬緒。父子之間的鴻溝，終有相連的一天，可他卻不知如何跨出第一步。

倘若桃姨所言屬實，距離真的是父親選擇，維繫親情的最好方式，那麼，自己該用什麼方式讓父親心安？

緊閉雙眼，他深吸一口氣，就像初次上台時，選擇蒙蔽自己的緊張與無措。

此時的他，不是田野，而是馬塞爾老師。

走進病房，他終於見到久未碰面的父親，縱使衝擊，田野還是揚起那抹，不屬於自己的面容。

「爸，最近好嗎？」

林甄擔心的走到他身邊，她查覺眼前的人有異，卻說不上那感覺。

「你還好吧？」

田野投以自信的笑容，牽起林甄的手。

「沒事的，我們都很好。」

林甄錯愕的看著田野執起的手，再看著他，瞬間明白了情況。

明知這只是一個男人的佯裝堅強，卻默默的配合演出，她主動的十指緊扣，示意他去一旁沙發坐下。

「叫你去管幼兒園，怎麼連甄甄也管上了。」田父沒好氣的唸叨。

「唉唷，年輕人的事情不用管啦。」桃姨雖然看傻眼，卻也跟著打圓場。

阿旺倒是天真的笑了出來。

「我覺得哥哥跟甄甄姐姐很相配啊，以前那個瑞秋才不好勒，全身又臭。」

「那是香水。」田野糾正自己的弟弟。

「…反正我不喜歡她，對了，阿耀叔叔勒？」

桃姨跟田父兩人互看一眼，不打算回答這個問題。倒是田野察覺有異。

「阿旺，你有沒有跟阿爸說你在山上的事情？」他直接轉移阿旺的話題。

只見阿旺像是裝了電池似的，在大夥面前講述。父親看著阿旺的眼神，有著滿溢的父愛，那抹微笑，是田野從未有過的。

或許，在父親心裡，田旺的存在，彌補了無法對孩子關愛的遺憾。阿旺可以永遠天真，永遠是個七歲的孩子，他不會像自己，跟父親只有代溝跟爭執。

「哥哥在教森巴鼓啊，後來，村長阿伯說，國小那邊報警說我們太吵，我們現在只能打書包練習了。」

田父看著林甄。

「姓吳的，又來找碴？」

「沒事的，田野都在處理。」林甄趕忙說著。

田父不禁懷疑的看著田野。

「你該不會妥協了吧？」

「不可能。」

「你一定要記住，囂張沒有落魄的久。他在山上橫了那麼多年，也差不多了。」

田野起身，往父親的床邊坐著。

「爸，我需要你的幫忙。我打算讓孩子們參加兩個月後的森巴鼓遊行，可交通跟住宿的經費…」

「我來出。」田父乾脆的答道。

「不，我打算靠我自己的力量。」

「你現在有錢嗎？」

「沒有。」

「那你…」

田父才剛要說著，田野立刻舉手打斷，他在父親的耳畔說了幾句，田父用著不可置信的表情看著他。

「你要明白，我才幫你脫離險境。」

「我知道，這次出面是冒險了點，可為了孩子們，總得一試。」

「你們到底在盤算著什麼？」林甄在一旁看不清所以。

田野回頭。

「最近幼兒園，會很熱鬧的。」

***

由於跟國小部撕破臉，田野教導孩子們的森巴鼓之路也變得克難。

孩子們改在課餘練習，只是，用的是自己的書包。拿著鼓帶綁住書包，纏在腰際上，順著田野的指揮分別打著拍子，晚上則是森巴鼓的驗收時間。

如此這般，才能避免國小部的刁難。

陳主任會在空閒時間，偷偷跑到幼兒園內看櫻花樹發芽的狀況，順便來看晶晶，還會拿著餅乾跟童書，林甄對此很不放心。

「這餅乾有糖，小孩子不能吃太多，先放我這裡。」

「這童書對晶晶而言還太深了，我會慢慢教她，先放我這裡。」

「書就算了…餅乾而已，不用那麼認真吧…」晉豪在一旁看不下去，忍不住唸了幾句。

林甄的眼光一掃射過來，晉豪隨即拿著梯子閉嘴走人。

「園長啊，我也是一番好意…」陳主任小心翼翼的說著，深怕林甄那爆脾氣，會不會下一秒就朝著他發。

「我知道。」

罕見的，林甄的態度和顏悅色許多。

「陳主任的心意，我也能瞭解。只是，太破費了。」

「不會不會，晶晶那孩子，太可憐了。上次跟田野老弟小聊了一陣，她母親真的太不會想…我打算幫助田野，他現在不是在網路上替幼兒園請命嗎？我是真的支持他，雖然我們的立場不同，可捐點小錢，我還是可以的…」

「陳主任，有些話，我還是直接說出來會比較好。」

林甄深吸一口氣。

「吳校長對園內的所做所為，陳主任是知道的。如果你真的要幫助田野，那就請你一併支持陽光山林幼兒園。」

「你是要我…舉發吳校長？」陳主任聽出林甄的話。

「吳校長這幾年搜刮了多少油水，相信陳主任比我還明白；不光如此，國小部近年成為奪牌名校，其中壓縮多少孩子的受教權，陳主任不也清楚嗎？」

見著陳主任雙眼無神，望向他處，林甄的猜測果然成真，他必定涉入其中。

「陳主任，每個人都會有私心，為了仕途，為了利益，不該沾染的多少會經手。沒有人是絕對的善與惡，光明與黑暗並行存在，你的心裡，還有對晶晶的憐憫之心，那就是可貴的地方。」

陳主任像是明白了什麼，他哼笑的對著林甄說：

「其實我對妳，從來沒有敵意。」

「我也明白你的為難。」

「幫我跟田野老弟說，我來過。」

看著陳主任離開大門，林甄內心五味雜陳，她轉頭望著不遠處，田野站在路燈下正專心教導幾個孩子的模樣。

此後，陳主任沒再踏進幼兒園內，田野在網路上的呼應，也漸漸的有了話題，評論卻也呈現兩極。

正面的不提，負面的當然如他所預測，田野先前的新聞成為了焦點。

一個詐欺犯能在幼兒園嗎？是要教壞小孩嗎？

幫助幼兒園我可以，可田野的身份太複雜…這我不行。

聽說，很多公司都是利用法人團體名義來逃漏稅？

一堆不明究理的網路評論湧出，每個人都成為了專家，每個人都有自己的一套說法。

就在今天，田野打開了幼兒園的大門，開放十幾家媒體進駐拍攝。

晉豪本稱職的當起網路直播的攝影師，眼尖的記者見到他，開始跑去跟他聊著。

「田野不是你的殺母仇人嗎？你怎麼現在跟他一起啊？」

「…誤會一場啦。」晉豪被記者追問的有點彆扭。

「那你要不要跟鏡頭澄清一下？」

其中一名記者說完，開始跟著四五架攝影機全部對著他。

正當晉豪不知所措之時，田野跟林甄走了過來圓場。

「各位記者朋友，採訪的路線在那邊，請跟我來…」

「田野先生，能否說明一下，何承恩案從判決到現在，你有什麼感想？」

「何承恩到現在仍是保外就醫的狀況，你身為他的前下屬，又曾是知名的投顧老師，有什麼話想表示嗎？」

記者的問題，一個接一個的輪番上陣，田野試圖將重點拉回到幼兒園身上未果，正當疲於應付記者無關的問題時…

後方幾個攝影大哥像是接獲消息般，突然把攝影機扛起往門外衝。林甄聽到幾個大哥的耳語，驚訝的也跟著去看。

當三人順著一群人的方向，走到國小部時，只見門口停了兩輛刑事組的車子，吳校長正被便衣一左一右的帶上車內。

「侵吞五百萬的指控是真的嗎？」

「身為校長卻毆打底下教職員，這樣做對嗎？」

「跟教育局長喝花酒的傳聞，有沒有要澄清的？」

看著吳校長在一陣騷動中上了車，林甄的心底如釋重負，不禁紅了眼眶。

這些年受的委屈，在別人盯哨下過的日子，甚至是為了幼兒園欠下的債務，都已經不算什麼了。

田野看著林甄的淚，他心疼的抱著眼前人。

「沒事了，別哭。」

「各位記者大哥，幼兒園內備有茶點，請勞駕至園內享用。」

晉豪一本正經的對著其他人說著。就這樣，記者們被帶回到園內。

田野本想帶著林甄回頭，卻在此時看見國小部的門口，陳主任獨自一人的身影。

三人兩方，彼此對視著。

林甄向前走了幾步，邊哭邊對著陳主任鞠躬，感謝他的行動。

田野也跟著林甄一起，此時此刻，他們還有更重要的任務，言語此時只是多餘，就把這份感謝放到之後。他向陳主任招了招手，對方也以此回應。

***

網路上的輿論，漸漸的拉回正面。媒體的推波助瀾，更加速建立起世人對於陽光山林幼兒園的認識。各方資源如潮水般湧進，林甄的忙碌終於有了快樂。

晉豪正使用著園內新買的除草機，老村長也在一旁跟設計師規劃改建後的陳設。

只是，日子不可能一直平順。

「你們幼兒園是什麼意思？」惠恩直接衝進園內辦公室，拍桌就是一陣罵。

「洗腦我母親簽下手術同意書，我才是晶晶的媽！」

「晶晶馬麻，發生什麼事了？」林甄還在電腦前打著下學年度的教育章程。

「你們跟我媽說了什麼？就說不要動手術，你們在雞婆什麼？」

「晶晶要動手術了？」林甄聽到這消息，很是雀躍，一時間沒察覺惠恩的意思。

「學齡前把手術做好，可以讓她更快適應團體生活，增加社會化的能力…」

桌上的茶水潑上林甄的臉。

「干你屁事。」

「妳在做什麼？」

田野一聽說，晶晶的母親正在辦公室內大吼大叫，趕緊跑了進來，卻見到眼前這一幕。

林甄沒有時間跟她爭辯，潑上來的茶水滲進了鍵盤，她趕忙把內文儲存。

惠恩一看見是他，更沒什麼好臉色。

「你就是那個詐欺犯？在網路挺紅的。看來，阿貓阿狗都能在這裡當老師。」

「我不是老師，我只是長工…」

「晶晶馬麻，有任何的問題，不需要這樣動手動腳，孩子們正在上課…」

不等林甄說完，惠恩的脾氣一來，又開始扯著嗓門大罵。

「你們這間幼兒園愛管人閒事，還跟我媽洗腦，我現在就要把晶晶帶走！」

惠恩一轉身就往園內跑，林甄跟田野趕忙追過去。

「晶晶，出來！」

「晶晶馬麻，請不要這樣。」田野直接擋在她面前。

「讓開！晶晶？晶晶！」

晶晶聽到媽媽的聲音，開心的跑出教室，卻見兩方對峙的一幕，傻在原地不知如何反應。

「晶晶來，跟媽媽走。」

惠恩想牽住晶晶的手，卻被林甄擋住。

「惠恩，妳媽知道妳有來嗎？」

惠恩愣了一下。

「我是晶晶的母親，為什麼不能帶她走？」

「晶晶馬麻，妳有接送證嗎？」田野也適時補了一句。

「你們…你們也管太多了吧！我是她媽，我就是要帶她走啦！」

惠恩把林甄用力推開，直接抱起驚慌的晶晶往外走，田野趕緊攔住，場面一度推擠。

「惠恩，妳在做什麼？妳什麼時候回來的？」老村長等人聽到裡頭激烈的爭執聲，趕忙進來查看。

「我要帶晶晶走。」惠恩堅決的表示。

「晶晶都怕到尿尿了，妳是在幹麼？」老村長指著晶晶已濕透的褲子訓斥道。

一聽到尿尿，惠恩嫌惡的把晶晶丟出去，要不是田野即時接住…

「喂！她是妳女兒欸！」田野也開始動怒了。

林甄趕緊接過晶晶，惠恩卻在此時又要搶。所有的小朋友們都跑出來看，老師們全忙著安撫他們回教室。

忽地，晶晶跌在地上，臉上的口罩脫落，唇顎裂的臉就這麼毫無遮蔽的展露在所有人面前。

小朋友們有的尖叫，有的不敢直視，更多的是見到後表露出的驚懼。

晶晶看著所有人，再看著母親害怕的神色，哇的大哭起來。

「不要看，都回去。」阿旺本也是見著害怕的一個，直到聽見晶晶的哭聲，本能的擋在小朋友前面，揮著手叫他們進教室。

「太誇張囉，妳給我出去！」老村長直接抓住她的手往外走。

林甄趕忙抱起了晶晶，直接帶到廁所。

裡頭發生了那麼大的動靜，就連在遠處的晉豪也跑了回來，差點撞上正在拉惠恩出去的老村長。

「我是她媽媽，放開我。」

「她外婆知道妳來嗎？」田野追出去問著，他的脾氣也被這瘋女人給撩起。

「晶晶正適合動手術的時候，妳在做什麼？」

「這是我家的事，跟你有什麼關係？」

「晶晶在我們園內就讀，哪怕只有一天，就跟我們有關！」

「好了…」晉豪趕緊勸住田野。

「不要攔我！」他直接一把推開。

「晶晶馬麻，妳到底為了什麼，遲遲不讓孩子動手術？」

惠恩也甩開老村長的手，她直視田野的臉。

「這是我家的事，跟你沒有關係。這裡是什麼幼兒園，我不會再讓晶晶念了，你們一個一個，都很爛！」

她說完，直接轉身就走，不顧老村長的叫喚。

到了放學時間，晶晶的外婆直接走到辦公室，先是跟林甄道歉，卻也做了令人錯愕的決定…

「阿姨，快接近學期末，突然決定不讀，退費的部份，我實在沒有辦法…」

「我知道，退費的部份，沒有關係啦。」外婆面有難色的表示。

「那…晶晶會陪我們到學期結束嗎？」

外婆四處張望，看著田野也在辦公室內，一臉嚴肅的看著她，神色慌張的趕緊點頭。

等到晶晶被老師帶到辦公室，外婆準備要帶她離開。

「等等。」

林甄趕緊走了過去，蹲在晶晶的面前，她仔細的看著孩子的模樣，給她一個深深的擁抱。

「害怕的時候，記得還有甄甄姐姐。」

她的語氣依舊和善，雙眼卻已泛紅。

兩人把這對祖孫送到了門口。

「為什麼不問她外婆，不讀的原因。」田野看著不時回頭的晶晶，漠然的問著。

「不用問也知道。她外婆向來沒主見，好不容易鐵了心要簽下手術同意書，女兒回來這麼一鬧，怕是屈服了，而且…」

林甄側頭看著田野。

「晶晶明天開始就不會來了。」

「不可能吧，她外婆沒要求把東西帶走啊。」

林甄哼笑，帶著心酸。

「田野，你還是把重點放在進修吧。雖然園內的經濟問題已紓困，但長遠之際，你還是要懂得經營幼兒園，甚至是瞭解孩童家長的心思。」

田野不語，她的確是說到重點。

「辦公室的電腦有很多資料，有空你就去看看吧。」

***

清晨，陳主任正望著山路上的櫻花樹出神。

雖然，目前的身份是代理校長，可自己那軟肋子個性依舊，幾個比較資深的老師，根本不把他放在眼裡。

陳主任悶哪，想去找田野老弟說說話，順便看看園內櫻花樹的長勢，還有可愛的晶晶，可舉發吳校長這件事情上，心底還是有些疙瘩。

只能看看這些櫻花樹，解解悶了。

忽地，遠處一輛計程車有了動靜，陳主任循著聲音一看，一個女人鬼鬼祟祟的，正抱著一個熟睡的孩子上車，那孩子還戴著口罩…晶晶嗎？

「那個…」陳主任瞬間慌了手腳，大清早，熟睡的晶晶，不認識的女人。

「等一下！！」他終於找到一個開頭。

可惜，等陳主任追過去的時候，計程車早已駛離。

「惠恩…晶晶！」剛剛上車的地方，走出一個身穿睡衣，驚甫未定的老婦。

「阿姨，剛剛那孩子是晶晶嗎？」

「是啊…哎呀我要報警，怎麼就這樣把孩子帶走了…我的晶晶啊！」老婦趕忙衝回家報警。

陳主任此時再也不管什麼疙不疙瘩的問題，他拿起手機，打了通電話…

「…三小？」晉豪一早被電話吵醒，口氣自然是不好。

「跟田野老弟說，晶晶被帶走了。」

***

辦公室裡，陳主任焦急的等著大夥的答案。

「晶晶她媽怎麼能這樣子？自己的問題，連累到小孩，這是一個成年人該有的解決方式嗎？」

「唉唷，只要看不開，幾歲都是一樣啦。」晉豪無奈的整理工具箱。

田野則是看著默然的林甄，等待她的說法。

「陳主任，你先回國小部吧。警察剛剛也來園內瞭解情況，可晶晶是在家裡被帶走的，況且，她已經不是園內的學生。目前，我們也只能被動的等待。」

「被動？」陳主任不滿林甄的話。

「妳當年舉起白布條對教育局長陳情的時候，可沒像現在那麼龜縮啊！怎麼？是老了還是疲了？」

「哥，先回國小部吧。」田野連忙安撫。

「有任何狀況，我們彼此聯絡。老村長也已經在各大平台發佈尋人啟事，相信很快就會有消息的。」

「這…真是。」陳主任憤憤不平的起身往往門外走，晉豪則在後頭送他，順便安慰著。

林甄坐回了位置上，就像往常一樣的忙碌著。

「妳真的就不管了嗎？」對於她的不聞不問，田野多少有點微詞。

林甄沉默不語，專注在螢幕上，敲擊著鍵盤。

田野無奈的吐了口氣。

「好吧，我們就等消息吧。」

田野起身走到門口。

「晶晶三歲的時候，外婆就把她送到幼兒園。」

林甄突如的開口，讓田野回頭。

「當時她有嚴重的語言障礙，只會指著東西咿咿啊啊的叫，連飯也吃不好。」林甄依舊敲打著鍵盤。

田野靜默的聽她繼續說。

「我們一步步的教她，指著任何的物品，都會跟她說那是什麼，說不好沒關係，一次又一次，周而復始的教她，只要她能好好的說話，哪怕只是用一個詞彙，我們都很高興…」

林甄看著螢幕，眼淚不停的掉。

「都快升中班了，晶晶緩慢卻持續的進步，也知道以碗就口的吃著飯，縱使語言還是有障礙，可她的口語跟表述，比之前剛進來的時候好很多…」

「好了，林甄…」

「你知道她的雪花片作品有多漂亮嗎？從小兔子到直升機，晶晶看到什麼就能拼的出來，這孩子沒有任何問題，她只需要動手術，之後加以復健，就跟其他的孩子一樣。」

林甄越說越傷心。

「我很想救每一個孩子，我想當一個無私奉獻的教育家，但是，我有什麼資格去介入別人的家務事？」

「別哭了。」田野雙手輕拍她的肩膀。

「我看著她，彷彿看到以前的自己。當時我有義父在，我才能持續進步，持續成長…可晶晶沒有啊！」

田野蹲下，直接把林甄的位置轉到面前。

「等找到晶晶，我們做她的義父義母，把她好好的教養長大。」

他的雙腿隔著辦公椅，依舊圍住她的，或許是這樣的距離，林甄瞬間停住自己的情緒，定睛的看著他。

一個男人的堅決，在此時此刻，是如此的沉穩有力。

田野用手拭去她的淚，兩人的呼吸急促，就在他欲靠近她的唇之時…

「吼，那陳主任真是愛唸…呃…」晉豪突然走進辦公室，見到眼前一幕，整個人僵在原地。

田野跟林甄迅速且拙劣的彼此分開。

「那個…晶晶的事情，我們雖然是等候通知，但是，還是要主動去問一下情況才是。」林甄漲紅著臉，正經八百的繼續面對著電腦。

「對對對對…我去派出所問一下情況。」田野趕緊三步併兩步的衝出辦公室。

晉豪無奈的翻了白眼，這一對喔…

「等一下啦，你要去哪裡？」

已到大門前，田野回頭，還是故作忙碌的看著走過來的晉豪。

「我去派出所啊。」

「是不用騎車喔？」

「啊…很近，就在…」他胡亂的找著方向。

「這條路的最上坡，那一棟橘色磚瓦…好吧，走過去是挺吃力的。」

「…歹勢啦，打擾你跟林甄的好事。」晉豪說出這道歉，挺彆扭的。

「沒事啦，我們之間沒什麼…」

「沒什麼？那兩片嘴唇都快嘟在一起了。」晉豪還伸出雙手示意著。

「有什麼豈不就…」

「你要不要去幫我借車啦！那麼關心我幹麼？你先管好自己跟廚房阿姨的事吧！」

「我跟廚房…那個美英，是怎樣啦！」一扯到自己的事情，連晉豪都覺得彆扭。

「全幼兒園都知道她在倒追…」

「什麼倒不倒的，我去幫你借車啦。」

「找誰借？」

「…美英啦！」

***

當全村的人都在找人之際，惠恩正帶著晶晶躲在市區的某處旅館，剛聯絡完幾個記者，準備要大肆爆料她跟晶晶生父的感情糾葛。

孩子依舊帶著口罩，專注在眼前的圖畫紙，她拿起新買的蠟筆，塗塗抹抹著。

忽地，一通來電響起，惠恩看著顯示，得意的笑了。

「怎麼？想我了嗎？」

對方的聲音，大到隱約聽見咆哮的辱罵，這樣的態度，恩惠並不陌生，她只是哼笑著。

「晶晶是你的種，你就去驗 DNA 啊！就讓全世界人盡皆知，你們家嫌棄晶晶的臉不敢認！」

惠恩的話，像是閃電般擊中晶晶的心靈，她依舊專注在圖紙上，把媽媽畫得閃閃發亮。

跟對方吵了沒多久，惠恩把手機關機扔在床上，拿起了香煙走進浴室，晶晶小心翼翼的望過去，只見媽媽坐在馬桶上，一邊抽菸一邊啜泣。

她不懂這是什麼情況，媽媽來接她下山，不是過著幸福快樂的日子嗎？為什麼媽媽會哭呢？

而且，肚子好痛…好想睡覺…

晶晶起身，緩緩的爬上床。

惠恩走出浴室，看見晶晶躺在床上，以為睡了，她整理著女兒的畫作，所見的一切卻讓她無言。

畫裡的媽媽，很漂亮，還有長長的耳環，可是晶晶…

她的臉是一團黑色的圓，沒有五官。

惠恩的心中挨了記悶拳，她心底也很清楚，早就該帶女兒去動手術，可對方的家庭不聞不問，她就是咽不下這口氣，自己跟了這男人那麼多年，浪費了多少青春歲月，她不甘心，就是不甘心！

等這次事件曝光，她起碼可以拿到相當可觀的遮羞費，惠恩的如意算盤，就是等著這筆錢，可以帶著女兒跟母親，好好的過日子。

「晶晶…」惠恩回頭看著自己的女兒，往床邊一坐。

碰觸到的高溫嚇到了她。

「晶晶，醒醒啊！」

晶晶已經沒有反應，任憑母親搖晃著。

惠恩本能的要帶她去看醫生，可她沒有晶晶的健保卡，還會被發覺到行蹤，自己的計劃隨時會功虧一簣。

母親的天人交戰在此，她已經把自己的人生過得亂七八糟，若是把女兒也拖累了，這可怎麼辦？

但是，錢就快到手了，要是可以再等幾天…

「什麼幾天！一刻都不能等啊！」

惠恩突然對著自己吼起來，她直接把晶晶抱起，就往門外衝。

***

夜晚，田野正在消化今天上午的事。

怎麼能那麼情不自禁？自己跟林甄何時變成命運的共同體？到底是什麼時候開始的…

「哥？哥！」阿旺拿著故事書在一旁揮舞著手。

「念故事。」

兄弟倆上山，在沒有手機，房內沒有電視的情形下，看書就是最好的解悶方式。

田野順勢拿著阿旺給他的書，才剛讀了封面，他立刻垮了張臉。

「誰給你的【長腿叔叔】？」

「老大啊，他說，我們最近很適合看這一本。」

很適合？他真的是唯恐天下不亂。

「哥，念一下啦，不然我好無聊。」

看著鬧鐘，還不到八點，田野也只能翻開書本，一字一句的唸給阿旺聽。

「哥…」阿旺睡眼惺忪的看著天花板。

「為什麼茱蒂不敢嫁給平德先生啊…」

「因為，茱蒂覺得自己出生不好，自卑。」

「可是，他們明明就彼此喜歡啊…」

田野看著窗外。

「是啊，明明就是啊…」

阿旺此時也沒再問著問題，起伏的鼾聲在房內迴盪著。

忽地，房門響起，帶著急促的敲擊。田野開門，是她。

「林甄，我有話…」

不等田野說完，林甄牽著他的手說：

「找到晶晶了。」

晶晶被尋獲的好消息，迅速在宿舍內傳開，外婆很想直接下山把晶晶帶回，無奈沒有車子，只能拜託晉豪開車。

「我也下去。」林甄焦急的說。

「林甄，妳留在園內駐守，我跟豪哥先去接晶晶的外婆，然後一起下去。」

「可是…」

「園內還是需要妳的。」田野握住她的手。

「我、豪哥還有外婆，會把晶晶帶回來的。」

縱使不放心，林甄還是點頭了。

「如果遇到晶晶的媽媽，不要動怒。」

田野點頭。

林甄看著晉豪上了車，田野上車前，回頭望著一切，以及不遠處的幼兒園。

曾幾何時，這裡是他迫於無奈所選擇之地，現在卻互相依存，不光是為了弟弟，父親，也為了她。

「林甄。」田野示意她過來。

「請好好照顧阿旺，還有，通知陳主任，別讓他太擔心了。」

「會的。」

「…妳喜歡我嗎？」

林甄被突如的告白驚愕到無法言語，羞紅的臉掩飾不住內心的感覺。

就在那瞬間，田野的唇附上她的。

短短的幾秒，田野掩藏笑意的上了車，留下眾人的驚訝與譁然。

還有愣在原地不知所措的林甄。

「要不是看在你是我弟，不分輕重緩急的，我直接把車開走。」

晉豪一邊發車，一邊沒好氣的說著。

***

當三人焦急的快步走到急診室，田野正在問著護士，就看見晶晶的外婆越過人群，直接往被兩個警察看住的惠恩走去。

「妳太過份了！」一個母親氣憤的往女兒頭上打下去，警察都來不及攔。

「直接把我孫女帶走，把晶晶當東西是嗎？妳隔一段時間才回家看女兒，母親的責任沒盡到，還把晶晶弄到住院，我早知道不該聽妳的話。」

惠恩頭髮被打得凌亂，惡狠的看著她母親。

「我每個月給妳的錢有少過嗎？要不是妳為了養男人，我幹麼那麼辛苦在山下賺？」

「妳們母女倆不要吵了，晶晶就在旁邊而已，互相揭瘡疤給孩子看，很有趣嗎？」晉豪忍不住在一旁唸叨著。

「干你屁事！」母女倆同時回嗆。

這下晉豪只能閉上嘴，把不滿放在心底。

田野倒是在一旁看得透徹，看來，屏除晶晶的問題，這對母女先前的相處就已有狀況。

警察先把外婆帶去一旁問話，田野跟醫生溝通完後，則在一旁看著晶晶母女。

「謝謝妳把晶晶送醫，雖然是腸胃炎，但即時就醫已獲得控制。其實，妳也想做個好母親，對吧？」

惠恩不語，只是默然的看著在病床上睡著的女兒。

「那天，我很抱歉，我不應該帶著情緒向妳質問，請妳原諒我。」

見她仍不理會，田野也把話題轉了個方向。

「我跟我爸也處不好，父子間是有距離的，只要碰在一起，沒吵架就已幸福美滿。」

惠恩瞪他一眼。

「對不起，我怎麼扯到自己身上了。」

「你知道沒錢又沒能力的滋味嗎？」

田野看著惠恩，咀嚼著她的問題。

「有，我想幫助晶晶，讓她動手術，但是我現在沒有能力，房子，車子，財產都被扣押了；可就算有錢又如何？我不是晶晶的家人，沒有直系親屬的同意，我也只能在一旁乾著急。」

「…我是不甘心，晶晶的生父不認不理…我就是不甘心。」

「越是不甘心，就越是要活出個樣子給人看。」田野說。

「只要是為了守護該守護的。人，就可以不要臉。」

惠恩看著田野，被他論調搞迷糊了。

「妳什麼時候要開記者會？」

「你怎麼知道…」

「妳應該明白，事情曝光之後，妳們母女倆會面對這個社會的輿論，以及對方排山倒海的攻擊。」

「他的文攻武嚇我都不怕了，還怕其他人？」

「那麼，妳相信希望嗎？」

「什麼？」

田野的微笑，很詭異。

***

「你到底對她洗了什麼腦？怎麼態度相差十萬八千里？」晉豪趕忙追上正要往病房大樓的田野。

「我只是傳授了正能量給她。」田野按了電梯，等待著。

「又把直銷那一套搬出來？」

「不是"那一套"，而是觀念。我只是給了她建議，畢竟，她放不下晶晶的生父，又不甘心自己被拋棄，加上她跟母親之間的舊仇…連帶會影響到晶晶。」

「所以…？」晉豪還是聽不出個所以然。

電梯門開啟。

「晶晶的母親已答應讓孩子動手術，也讓我們先帶孩子回去，但之前，讓她合理的，好好的鬧。」

田野步入電梯內。

「豪哥，幫我看著她們母女，如果又吵起來就不妙了。」

「你要去哪裡啊？」晉豪把電梯門擋住。

「去看我爸。」

「…凌晨四點欸！」

田野無奈的吐了口氣。

「我也有自己的"觀念"要化解。晚點回來。」

晉豪就在半知半解下，目送著電梯關上。

到了既定樓層，田野低調的經過護理站，走向父親的病房。

上次見面，他必需得按照父親要的模式相處，如今，他終於可以好好的用自己的身份去探望。

哪怕時間錯得離譜。

病房內，桃姨熟睡在一旁，布簾半掩，仍見著父親的病容。

他悄聲走近，看清楚父親的面孔。

田父消瘦不少，縱使桃姨說過，等的就是時間而已，可面對親人的重病，甚至是死亡的逼近，田野的心中仍無法消化這個事實。

你說，父子之間真的沒有交集嗎？他回憶起小時候，父親還是會牽著他的手去散步，陪著他在老家門口玩三輪車。

廚房傳來的燉肉香，親手準備初中午餐的便當。

縱使父親總是忙碌，總是保持著淡漠的面孔，但父子相處的短暫交集，是親情，是斷不開的關係。

人生的軌跡，隨著田野的成長而分歧，但父子畢竟是父子，他這次闖下的大禍，把阿旺也拖下水，父親就算是對他痛罵，失望，也還在奔波的幫他化解。

「阿爸，謝謝你。」田野低語著，他轉身，小聲的步出房門。

「家安啊…」忽地，田父突然在床上喊著田野早先的名字，隨著就是一陣咳嗽。

田野回頭，本已忍住的淚水決堤，卻不敢踏出一步。

桃姨在此時趕緊起身，他趕緊跑出病房門外躲著。

「你是怎麼啦，喝水。」

「我夢到家安啊，他要我陪他去公園玩…」

「那都多久的事情了，他現在在山上，幫忙管幼兒園呢。」

「家安啊…」田父像個孩子般哭了起來。

田野已不忍在原地聽著，他邊哭邊跑向電梯，等到慌了，直接往旁邊的樓梯走下樓。

也不知走了多久，田野狼狽的坐在樓梯間痛哭失聲。

***

過了兩天，晶晶被帶回山上，連同手術同意書。林甄看到孩子回園，高興的抱著晶晶喜極而泣。

山下也很熱鬧，惠恩身淚俱下的開了記者會，原來對方可不是普通人，田野從辦公室的電腦看了一系列的相關報導，不由得佩服自己。

沒錯，只要是為了守護自己該守護的，人，就可以不要臉。

田野動用了之前的人脈，找到前公司的公關經理，他跟自己一樣，受前老闆所苦，也是受害者之一，之前的影響太大，迄今都沒有好的工作機會，剛好此事有了發揮舞台，讓他能在記者會上扮演保護惠恩的角色。

田野沒有參與任何一項，他只是成就了某件事，幫助了一些人。

惠恩守護了她該守護的，田野則是守護了幼兒園…還有園長。

不過，從他回到幼兒園後，跟林甄之間卻沒有任何進展！

林甄在躲他，難道是自己的直覺失準了？田野心想。

他忍不住看著一旁的鏡子，自己也不醜啊？還是身上有味道？

田野扯起領口嗅了嗅，也還好啊…

難道，自己是自作多情？林甄…根本就對自己沒意思？

田野氣餒的靠在位置上。

直到他發現桌曆上，有個日期特別被林甄標註著。時間就在一個禮拜後。

「那天，就是我們在這邊滿一年的日子啊。」晉豪正在外頭佈告欄，張貼兩個禮拜後在城內的森巴鼓遊行活動。

「什麼？」

「你的緩刑結束了。」

田野雖感到一股解脫，可後續的打算，讓他茫然。

「沒想到，一年好快。」

「先別想那麼多，活動準備好了沒？請村長幫忙製作的鼓帶呢？小朋友們活動的服裝備好了嗎？你隊形雖然排好了，小朋友之間的事情還是要解決，遊行隊伍延綿好幾公里，光是打鼓就可以耗費不少體力，還要加上徒步遊行，小朋友們不可能一直打下去的。」

田野用一種不可置信的眼神看著晉豪。

「你很厲害欸！早知道，我把活動負責人交給你就好了。」

突然被稱讚，晉豪也不知道怎麼回應。

「就…好歹我以前在海上，也是個老大副。」

田野笑臉盈盈的拍著他的肩。

「哥，有你這個大副真好。活動當天，你可得好好幫我。」

「當初不知道誰，死都不讓我上山，怕我怕得要死。」晉豪嘴巴嫌歸嫌，一臉得意的笑倒是掩藏不住。

兩人才回到室內，林甄恰巧從辦公室出來，看到晉豪跟田野，就像最近一樣，點頭微笑而過。

「你們之間，還沒搞好喔？」晉豪小聲的問。

田野無奈的搖頭，林甄的態度很明顯，頭一回被異性這樣對待，這讓他很氣餒。

「我現在沒錢沒勢的，是女生都不會選我。」

「林甄不是那種女孩子。」

「你又知道囉？」田野沒好氣的回嘴，逕自往他處走去。

「去問她。」晉豪放大音量朝他喊著。

「馬塞爾老師的自信去哪裡了？真成了麼个小？」

田野回頭，本想衝回去要他閉嘴，可突然間的轉念…對，真的該去問她，縱使是自作多情，總比這段時間的瞎猜想好。

他直接迴轉，越過晉豪往林甄的方向走去。

林甄像是在等他似的，看著田野往自己走來。

他的苦思，她是明白的，可人生不是美滿的愛情故事，就算真的喜歡，那個吻又如何？

「我只想問妳，那個吻，讓妳困擾嗎？」

林甄佯裝著雲淡風輕，聳肩。

「孩子們的活動結束之後，你也可以帶著阿旺跟老大下山了。」

她的青春年華已貢獻在這間幼兒園，不會為了其他的因素離開，任何人都不行。

「我可以留下來…」

「義父怎麼辦？你可是他唯一的親生兒子，如果你不在他身邊盡孝，義父這一生的辛勞豈不白忙一場？」

也是，桃姨一直都很盡責的照顧父親，他也該下山去幫忙了。

「我們都是成年人，不該為了自己的本心而任性…得先把該盡的責任跟義務做好，才能好好的，為自己而活，不是嗎？」

田野將她攬在懷裡，溫柔的擁著。

「請妳一定要等我，我會回來的。」

縱使心酸，林甄依舊微笑著在他懷裡說：

「我還是會下山看義父的，是在笨什麼？我還是得提醒你，再讓我聽到你對幼兒園有邪念，那棍子還在宿舍門口…」

不等林甄囉嗦，田野雙手捧著她的臉，深情的吻下去。

「妳就在幼兒園等我，我在山下會安排好一切。」

她看著眼前的男人，感觸良多。

曾經，七歲的她聽著義父所述，會有一個王子帶著她跳舞，林甄是如此期待，卻在見到她臉的那一刻，王子落荒而逃。

如今，王子終於是她的王子了，可這遲來的王子又要離她而去，為了往後，林甄也只能繼續等待。

「距離不會拆散我們，請妳明白。」

「一切都交由時間決定吧，我們就為了人生各自努力。」

兩人並沒有因為隨時到來的分開而感到憂心，這山中，這小小的幼兒園，是彼此的許諾，是一生。

***

森巴鼓的遊行，如火如荼的在市區進行著。田野帶領著威信跟子役打著前頭，阿旺則在後頭跟著廚房阿姨舉著校旗。

【陽光山林幼兒園】的標語在陽光下，顯得更加光鮮亮麗。

林甄跟著老師及小朋友們一起身著傳統服飾，在隊伍裡，他們並不孤獨，許多來自山區國小的森巴鼓隊，各有其特色跟隊形，強烈的節奏，在這忙碌呆板的城市中，跳動著奔放的脈絡。

晉豪跟老村長也沒閒著，除了要即時供應現場的飲水，拍攝遊行的隊伍，還得要留意小小孩的狀況。

遊行才剛開始，已經有幾個幼小班的小朋友放聲大哭，前來的家長也加入了行列，帶著怯場的孩子們一起高歌向前。

「很少看到幼兒園有森巴鼓隊欸。」一旁的路人好奇張望著。

「你現在就看到啦！」陳主任在一旁開著臉書直播。

「小朋友們好可愛唷。」

「帶頭那個，不就是之前涉嫌詐貸案的…」

「人家現在專心帶著幼兒園，看看可愛的孩子比較重要吧？」陳主任沒好氣的跟指指點點的路人回嘴。

田野專注的帶領行進的孩子們，對於路人的耳語，他雖然聽不見，但也明白自己又成了風口浪尖。

只要能把幼兒園帶出來，讓世人明白父親創立幼兒園的初衷，明白大夥投入的真誠，讓人審視也只是過度的階段。

他明白，這次活動過去，幼兒園會漸入佳境，那麼，他的階段性任務就到此結束。為此，他不免看向林甄，兩人又對上了眼。

晶晶的母親，打扮的花枝招展，在隊伍內尤其是焦點。

自從開了記者會，惠恩成了媒體口中，生下女兒卻遭豪門負心漢始亂終棄，含辛茹苦養育女兒長大的堅強母親。

談話性節目的常客，也在網路上當起了微商。

不再執著與晶晶生父的糾葛，現在的她有著自己的人生定位，也準備女兒下個月將要進行的手術。

「啊！好累。」威信的一聲哀號，打斷了田野的視線。

「我們三個輪流休息，到市府前都不能停。」

終於有了子役可以發揮的空間，他大喊著。

「讓我們一起把城裡掀翻吧！」

大夥以車輪戰之姿挺進到市政府前，小朋友們累到一個不行，全都集中在一處休息。

田野雖然疲累，卻也不敢放鬆的顧著孩子們，有種莫名的成就感在他的心中，如此快意且滿足。

威信正在吃著叔叔們提供的水果，看著子役在一旁發呆，他試著打開話題。

「跟你分享。」

「…謝謝。」

「你過年前就要下山了，我會很想你…希望你有空就回來看我。」

子役的母親在一旁聽著，笑了。

「阿信，你放心啦！你爸爸媽媽跟我們都有聯絡，我們還是可以常常見面的。」

兩個孩子，終於一掃先前的衝突，相視而笑。

田野在一旁看著，也覺得寬心。

「阿野…」不遠處，一聲熟悉的叫喚讓他立刻回頭。

隔了一段時間再次見面，兩人心中都有點激動。

田野看著阿耀，笑了。

「你什麼時候來的？」

「遊行一開始，我就一直跟在旁邊。」

「幹麼不來打個招呼，我們一起走啊。」

阿耀只是笑著。

「本想看看就走，可還是…」

見著他有話難言，田野總覺得他心底有事。

「最近怎麼樣？我之前陸續都有下山，有幾次想著去事務所找你。」

「我把事務所關了，想去國外一段時間，散散心。」

「…怎麼啦？」

見著阿耀原地躊躇著，不知該如何開口，田野倒是直接反問：「你現在還是律師吧？」

阿耀愣住。

「呃…是啊。」

「那你等我一下。」

只見田野回頭，拿起筆在紙上寫著，隨後回身交到他手上。

「聘書…？」阿耀唸著紙上兩個字。

「對啊，你先去玩，回來以後就好好的當本園的法律顧問…先跟你講，我現在沒錢啊！幼兒園之後很有可能被易手經營，我們會去尋求新的法人團體進駐。」

「那麼…？」

「等你回來，我需要你，幼兒園也會需要你的。」

看著田野認真的神情，阿耀簡直無法言語，只能點頭。

「有空嗎？我介紹一些人給你認識。」

田野搭上他的肩膀，帶著阿耀往人群走去。

第六篇　最後一哩路

下山已近半年，就像世間尋常父子，田野與父親時常在病房裡看著電視，看到一些新聞，兒子還會忍不住罵著。

「這個人怎麼這樣說話，還虧他民調那麼高。」

田父戴著氧氣面罩，默默看著兒子的一舉一動。

「哥，我可以看卡通嗎？等一下會播颶風戰隊欸。」阿旺在一旁問著。

田野吃著花生，點頭。

只見弟弟快速拿起遙控器一轉，阿旺開始沉溺在英雄的世界裡。

「阿爸，你再等一下，桃姨去請洗頭的阿姨過來了。」

「你晚上沒睡覺…」田父有氣無力的問著。

「有啦，睡一下下。昨天，聯絡到一個法人團體，討論幼兒園的事情。」

田父不語，等著兒子的答案。

「我們會再努力的。」

田父點頭，內心不知在盤算什麼。

直到桃姨帶著洗頭阿姨進入病房，田野坐在一旁的病床上，看著父親洗頭的身影，隨後眼皮加重，靠在牆邊睡著了。

「阿桃，聯絡阿輝，想見面…」

「你都病成這樣，還要去找他喔？」桃姨擔心的問。

「去聯絡！」田父堅持著。

當晚，名為阿輝的男子匆忙的走進病房。

「唉唷，你怎麼會這樣啦…」阿輝一身的暴發戶行頭，身上不時飄著菸酒檳榔味。

田父脫下了氧氣罩，靠著桃姨的幫忙，坐正在病榻上。

「人嘛，最後…都會如此。」

阿輝難過老友已病入膏肓，他環顧四周。

「家安嘞？」

「剛剛帶阿旺回家了，現在忙著呢。」

「做生意嗎？」

「沒囉，找有沒有法人團體…願意跟當地政府合作，接手幼兒園呢…」

田父的話，瞬間讓阿輝的臉不自在了。

「你還把那幼兒園放在心上？」

「那是我們的成就。」

「房地產這幾年不景氣，你又不是不知道？」

「幼兒園的流動負債…總可以整合吧？」

「唉唷，你跟我講這個沒有用，都是基金會在處理，我又聽不懂。」

田父不禁嘆了口氣，阿輝這句話他是信的。

「阿輝啊…」田父吃力的舉起手握住他的。

「起碼再一年，拜託了…」

再怎麼樣，都曾是一同打拼的好兄弟，也不管董事會如何施壓，他直接點頭。

「我能幫你再堅持一年，頂多就是這樣子。」

「謝謝你…」

忽地，田父只覺得一陣天旋地轉，雙手不自覺的顫抖。

「糟糕…」桃姨見狀，感覺按下緊急鈴。

「是怎麼了？」阿輝驚慌的起身，整個人不知所措。

「阿園，你撐著點，護士要來啊…」

「家安啊…阿爸幫你了…」

幾個護士趕緊跑入病房，之後的一切，很混亂。等到田野匆忙的帶著阿旺到病房，田父已在病床上彌留，桃姨在一旁哭得不能自己。

「阿爸！阿爸你不要死。」阿旺跪在一旁大哭。

田野靜靜的流下眼淚，他早就明白會有這麼一天，可卻來得如此突然。

「家安啊。」一旁陌生的男子跟他說著。

「我是阿輝伯，從小看著你長大的。」

田野沒有理會他，緩緩的走向父親的病榻前。

「阿爸，我們回家，好不好？」

「之前，你爸爸就交代不要回家，他說，家以後是你跟阿旺的，不要給你們帶來太多麻煩。」桃姨哽咽的說著。

「你爸爸已經跟我講好了，我跟董事會再爭取一年的時間，好讓你有充裕的準備，尋找下一個接手的社團法人。」

田野看了對方一眼，低聲說：「若真的有心，就會一直承辦下去，何來時間。」

阿輝愣在原地說不出來。

「阿爸，我陪你。」

田野坐在一旁，握住父親的手。

「謝謝你照顧我到現在，我會把阿旺照顧好，桃姨會把家裡的事處理好，我也會找到適合的社團法人來承辦幼兒園。阿爸就不用煩惱了，已經沒事了。」

田父像是聽進去般，眉宇漸漸的放鬆，直至他嚥下最後一口氣。

田野哭著起身，讓護士跟醫生進行最後的確認，看著阿旺激動的搖著病床，趕緊把他拉開。

「阿爸…阿爸…」

「阿爸去了。你如果哭得那麼大聲，給阿爸聽到，他就捨不得走…到時候不能投胎喔。」

阿旺緊閉嘴巴，還是不停的痛哭，發出嗚咽之聲。

「阿旺以後要堅強，哥哥會照顧你的。」

田野說完，抱著弟弟，無奈眼淚還是止不住。

***

田父的告別式，遵從往生者的意願，不發帖，低調的舉行。

林甄跟晉豪也下山弔唁田父，卻在當天遇到一個令人訝異的情況。

阿輝代表建設公司前來，身後跟著幾十個人一起進入會場。田野在會場一側看傻了眼，可看見進來的人不像是兇神惡煞，甚至還有抱小孩的。

晉豪禮貌性的上前詢問，才知道這幾十個人都是田父長期以來行善幫助的人。

有的當年只是個孩子，如今長大成人，也有了家庭，感念田父當年的恩情，說什麼也要來送恩人最後一程。還有的是現任里長，甚至是大企業的總經理！

「謝謝各位前來家父的告別式，會場有點小，椅子已經叫人準備，請各位稍等。」

「沒關係的，田大哥，令尊當年供我讀書考大學，如今才有了一點成就，還沒來得及親口對他說聲謝謝，他老人家就走了，真的是…」

「你爸爸之前帶著行善團，來我們村了做災後重建，還幫忙載要洗腎的老人家下山，其中一個就是我母親，雖然她已經過世多年，可想起當時，還是很感激。」

「要不是簡董聯絡到我，跟我說，幼兒園創始人過世的消息，否則，我不會遇見你。」

田野看著手中的名片，再看著眼前年齡相近，卻已是叱咤商界的總經理。

「我是陽光山林幼兒園第一屆的畢業生，我相信林甄還會記得我。」

「柯震達？我記得你。」林甄站在田野身邊。

「我們公司這幾年成立了基金會，針對偏鄉孩童，從教育，飲食，生活跟疾病上提供適當照顧跟援助。」

「我們都是這麼過來的。」林甄感念著。

「田先生，令尊幫助過許多人，他這一生給與的恩情，我們來不及還，可有你，能繼續將這福報綿延下去，我們也會幫忙的。」

田野瞬間明白，父親當時積極投入行善的意義，或許，是為了當初神棍的危言聳聽，也或許是，他能感受到付出的喜樂與滿足。

十年樹木，百年樹人，父親所做的一切終於有了回報，可惜他已來不及收穫，而這一切，由自己所接下…

爸，謝謝你。田野在心中想著。

等待火化結束的時間，他主動的前去尋找在外頭抽菸的阿輝伯。

「阿輝伯，謝謝你幫我找到人。」

阿輝無奈的搖搖手。

「我只是找，人來不來，是他們的決定。」

「那天，我的態度真的不好，對不起。」

阿輝看了田野一眼，嘆了口氣。

「我也不是心胸狹窄的人，你老爸走的時候，我是真的慌了手腳…那麼多年沒有見面，電話一打來，竟然是叫我來醫院，還希望我給幼兒園再一年的時間…像是交代身後事一樣。」

田野只是靜靜的聽著。

「你一定要把幼兒園顧好，這是你阿爸的心願。」

「我想問，為什麼不再堅持？」

阿輝把菸滅掉，走到他面前。

「你會怪我們嗎？」

「多少會。」田野不想說無謂的客套話。

「家安，我老了，再過幾年就會卸下董事長一職，之後，旗下的基金會不會再資助幼兒園半分。我所能做的，就是再緩一年，幫你找到新的社團法人。」

「還是謝謝你。」

田野目送阿輝伯離去，父親的逝去，代表著幼兒園一段承接的結束，未來的日子，真正握在他手中。

如今，他得努力往另一個方向邁進，過往的馬塞爾老師已遠去，而學習，永遠無止盡。

後記

（若干年後）

阿耀順著回憶，忍著因暈車嘔吐的不適感，下了計程車。

「大哥，實在不好意思，那座椅麻煩您再清一下。」出於愧疚，阿耀還多塞了幾百塊給了司機。

一轉身，【陽光山林幼兒園】的招牌在他眼前，那是跟他之前所見，完全不同的畫面。

拖著旅行背包，他按下門鈴。

「陽光山林幼兒園您好。」一個女聲出現。

「請問，田野先生在嗎？」

對方沉默了幾秒。

「請問您是…？」

「我是他朋友，姓林。」

沒多久，旁邊的小門自動開啟。阿耀背起了旅行背包，走進園內。

裡頭的一切，跟他當初所見的完全不同，望著一大片的草原，除了不遠處的櫻花樹正在努力生長，還有已修復的大象溜滑梯，稍微能看出舊址的方位外，其他的部份，阿耀已完全無印象。

往內走，經過孩童的戶外遊戲區，一陣陣悅耳的童音，唱著傳統的童謠。

綠色的風兒一陣陣，他看著音樂教室裡的小朋友們，專注望著音樂老師的指揮。真的一陣風吹來，阿耀的帽子飛在半空中，順著方向，連忙的跑到操場上撿。

一抬頭，他看到久未見面的學長，幾年過去，皮膚黑了，身體也變得健壯了些，正笑臉盈盈的朝著自己走來。

「我說過會等你回來，可沒想到，你去了那麼久？」

這幾年過去，阿耀斯文白淨的形象早已不復見，臉上的鬍渣跟曬斑，透露出這段時間旅行的軌跡。

「南美洲的太陽很溫暖，在那裏的可可農莊，當了一段時間的農工…」

「等等，你在南美洲幫忙種可可？」田野像是發現了新大陸。

「來來來，你給我過來。」

阿耀還來不及反應，田野直接搭上他的肩膀，帶著他往教職員辦公室走去。

「我跟你講喔，雖然我聘你來當法律顧問，可你那經歷太特殊了。我老婆正在編排下學年度的教育章程，你得把那一套可可經，拿來當作主題教材之一。」

「什麼…？阿野，我不是老師…」

「我現在叫田家安，剛剛是我老婆接應你的。你一講到田野，她還緊張了一下，因為，好幾年沒人提到這個名字。」

到了辦公室門口，導師的資訊完整的在佈告欄，家安進到辦公室，正跟著林甄興高采烈的說阿耀前來的消息時，他看見田家安的教保員證書，還有自己的法律顧問簡介。

「你這張照片真的太有氣勢，我有幾個女老師，都一直引頸期盼你的到來。」家安走出，跟阿耀一同看著。

「不過，你現在的樣子…啊這不是重點，先進來。」

這麼多年過去，田野雖然變回了田家安，但是，學長的架式依舊。

阿耀坐在接待的沙發上，看著家安爽朗的笑聲，以及嫂子林甄熱情的接待…

或許，這裡是他失去一切，沉潛多年後，最好的起點。

「舊的那間宿舍，已經成為村子的活動中心，新的在校內，我先帶你過去看看。」

「先讓阿耀休息一下吧。」林甄不忘提醒著家安。

「來不及了，我巴不得他明天就上班。」

家安直接背起阿耀的背包，拉著他往外走去。

「家安，我不是法律顧問而已嗎？」

「哪那麼簡單？在你還沒重啟律師生涯前，你不但是法律顧問，舉凡校內各項雜務，包含下個禮拜的招生說明會，都得幫幫我。」

他突然停步，對著反應不及的阿耀說：

「我跟你說，本幼兒園，是社團法人委託經營的非營利幼兒園，關於你的薪水，得…」

「依幼兒教育及照顧法規定。」

家安笑了，倒是有點不好意思。

「對不起啊，現在不比以前。」

「沒事的，我還得要謝謝你。當初我跟瑞秋…」

「阿耀，過去了。」家安拍了拍他的肩頭。

「當初在山上的那段時間，我就已經想通了。沒有過往的淬鍊，何來現今的人生。況且，這些年我也努力的上訴，我的財產雖然一毛都拿不回來，可阿旺的警示戶已解除，他現在在村裡跟豪哥一起，開小吃店，也賣彩券。」

兩人走到了宿舍門口，家安特別把他帶到一處房門前。

「當初建這宿舍時，這間就是特別留給你的。」

房門一開，田野把遮塵布一一掀開，簡單的陳設，北歐風的家具，坪數雖小卻很溫馨。

「每個房間的陳設都差不多，可是這個，只有你有。」

阿耀望向窗外，面對著山林間的溪谷，還有櫻花樹的映襯，可想一年四季都有不同的景緻。

「國小部的陳校長，一直在跟我求這間，他一個校長還想來我這裡住，你說可不可笑？哈哈。」

「你對我也太好了。」阿耀嘴上說著，心底卻滿是感動。

「阿耀，當初謝謝你幫我打官司，沒有你的努力，我可能早就坐了冤獄。」

「你本來就是被牽連，我也只是盡我律師的職責。」

「幼兒園以後，還有許多需要你的地方。」

「這幾年，我們換了新的社團法人，也很努力的在硬軟體上做更新，無非就是希望，建立起特色幼兒園，可在經費上還是有限。我縱使有三吋不爛之舌，無奈過去的事情，影響我很多計劃。我需要一個絕對正派的發言人，能把我的想法化作行動，甚至是資金，與法人合作，把陽光山林幼兒園的形象，推廣到全台灣，甚至能成為世界典範之一。」

阿耀看著家安，不發一語。

「我的理想太龐大了嗎？」

「你說話變得那麼正面且實在，我好不習慣啊。」

家安大笑。

「馬塞爾老師的形象太深植人心了嗎？我當初銷售的，也是成功與希望啊。」

「對你而言，真正的成功是什麼？」

家安不假思索的直接回答。

「當下，在乎的人事物都平安喜樂，這就是我的成功。」

兩人相視一笑，或許，這就是這篇故事的最終了。

畫面拉遠，一個小小的幼兒園，孩童們下了課，從教室裡跑了出來，在操場裡開心嬉戲，風兒吹拂，陽光在山林間照耀著，也亮透了嶄新的招牌。

一旁的佈告，張貼著下禮拜在園內舉行的招生說明會。

大大的標語，格外讓人注目。

歡迎就讀，陽光山林幼兒園！

（完）

國家圖書館出版品預行編目資料

歡迎就讀，陽光山林幼兒園／黃萱萱　著. —初版.—
臺中市：天空數位圖書　2020.01
面：公分
ISBN：978-957-9119-67-2（平裝）

863.57　　109000739

發　行　人：蔡秀美
出　版　者：天空數位圖書有限公司
作　　　者：黃萱萱
編　　　審：李維斯
製 作 公 司：傑拉德有限公司
新創譽有限公司
版 面 編 輯：採編組
美 工 設 計：設計組
出 版 日 期：2020 年 01 月（初版）
銀 行 名 稱：合作金庫銀行南台中分行
銀 行 帳 戶：天空數位圖書有限公司
銀 行 帳 號：006-1070717811498
郵 政 帳 戶：天空數位圖書有限公司
劃 撥 帳 號：22670142
定　　　價：新台 330 元整
電子書發明專利第　I　306564 號

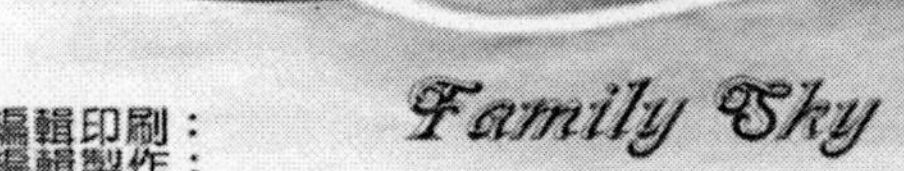

紙本書編輯印刷：
電子書編輯製作：
天空數位圖書公司 E-mail：familysky@familysky.com.tw　http://www.familysky.com.tw/
地址：40255台中市南區忠明南路787號30F國王大樓　Tel：04-22623893　Fax：04-22623863